JN070632

はまじとさくらももこと三年四組

浜崎憲孝
（はまじ）

青志社

はまじとさくらももこと三年四組

目次

イラスト　浜崎憲孝

装丁デザイン
岩瀬 聡

第一章

さくらが天国へ

レクイエム

さくらが突然ぼくらの前から消えて一年以上が経った。いまでもぼくは、さくらの死による喪失感がとても大きく、心にポッカリと穴が空いたままになっている。

さくらによって、ぼく、はまじが『ちびまる子ちゃん』で誕生し、その特異なキャラからファンに認知され、ぼくの人生を大きく変えた。

本を書くことなど縁もなかったぼくが、ふとしたきっかけで出版の話が進み、思いもよらぬさくらの協力を得て『僕、はまじ』と『はまじと9人のクラスメート』の二冊を上梓させてもらった。

なんという果報者であろうと、さくらに感謝した。

この二冊の背景にあるものは、平成のサザエさんとも言われたさくらの国民的人気コミック『ちびまる子ちゃん』の三年四組の実際にあった物語である。

何をやってもうまくいかなかったぼくの人生の中で、さくらが背中を押してくれたことによって、踏み出す勇気をもらい、そのおかげでひたむきに取材してさくらと三年四組のクラスメートのことを書くという、途方も無い作業をやり遂げた。これほどまでぼくを熱く夢中にさせたものは過去になかった。

さくらが乳がんのため亡くなったのは、二〇一八年八月十五日、ちょうどお盆のど真ん中だった。

がんによる闘病は十年近くに及んだという。

お世話になったさくらのために何をすればいいのか考えてみた。思いついたのが小中学校の同級生による哀悼の寄せ書きである。

誰かがやるのかな、と思っていたが、そんな気配はなかった。これも神様のおぼしめしで自分がやるしかないな、と、色紙二枚を買った。一つは「さくらももこさんへ」、もう一つは「本名へ」、こちらは特に同級生や町内の人からもらおうと考えた。あれだけ清水を有名にしたのだから、みんな彼女へ様々なことを伝えたいはずだろう。

ぼくは清水を離れていたが、哀悼の寄せ書きを求めて清水へ度々帰った。

さくらが亡くなってしばらく経ったいまも、『ちびまる子ちゃん』に登場する入江小学校の正門にはカメラを向ける人がいっぱいいる。車は静岡県のナンバー以上に他県のナンバーも多かった。

入江商店街にもファンだというカップルが大勢来ていて、これも〝まる子巡礼〟だとわかった。

清水はさくらの追悼で、もちきりだった。

寄せ書きが集まった時は、物語を書きあげたような達成感に近いものがあった。クラスメートみんなで作った寄せ書きも集まった。生前、さくらはあまり同級生に会いたがらなかったようだ。親友のかよちゃんとも何年も会っていないと聞いた。有名になり過ぎて照れていたのかもしれない。いや、それよりも忙しすぎて、自分のプライベートな時間がなかなか取れなかったんだろう。本当は同窓会に出て、みんなとわいわい話したかったのではないかと思う。いまは向こうへ行って仕事に追われることはないだろうから、ノンビリと過ごして三年四組の楽しい思い出に寄り添っているかもしれないな。

とにかく二枚の寄せ書きを早く彼女の仏壇へ飾ってあげたいと何かに背中を押された。

この何かに押されるような感覚は、たまに起きる。小学三年時代の嫌な思い出を消すことや、四年生になったら人を笑わせろという押し、中学はブラスバンドへ入れという押し、行きたくない高校を辞めろという押し、憧れの漫才師の弟子志願へ行けという押し、何でもいいから高校へ入れという押し、市内の仮装大会へ出て優勝しろというバカバカしい押し……。など、強く背中を押されたことがずいぶんある。

　でも今回は、いままでとは別格中の別格だった。

DVDで蘇った懐かしき時

　寄せ書きを集めるなか、小学校の五、六年のときの担任の浜田先生とも会えて、一枚のDVDをもらった。

「……オレさ、よく遠足など八ミリ回していただろ。さくらさんもいる、浜崎っちの五、六年時代を編集してまとめたのだよ」

　と、七十に近い先生は、少し笑いながら言った。ぼくは思わず、

「先生、そんな大事な物もらっていいの？」

「何枚も焼いたから大丈夫」と言う。そうだった、アニメでの戸川先生のモデルとも言われた浜田先生は、よく運動会や遠足、ミカン狩りとなにかと八ミリカメラを回していた。ぼくはすぐカメラへ近づいて邪魔をした。今から思えばクラスメートの扱いが上手な先生だった。

でも先生に聞くと、「浜崎っち時代が初めての卒業生」と言う。そういえば若い先生に見えた。

　何度か授業中にふざけ過ぎて平手を喰らった。それでも本物の戸川先生の平手は強烈だったから手加減をしてくれたんだ。

　先生からもらったＤＶＤは、バックに入江小学校の校歌が流れていた。

　金管バンドとバトンクラブを立ち上げた先生だけに、音楽の構成はさすがである。また、先生は生徒の特性を察して、あらゆる花を開かせる手伝いをしてくれた。ぼくの中学へのブラスバンドのきっかけも作ってくれた。クラスメートのとくちゃんは金管バンドへ、さくらはバトンクラブへそれぞれ先生の温かい後押しによって入った。

　遠足のシーンは、よくもまあみんな元気なこと。浜石岳（清水市（清水区の）北東部に位置する山）の山頂にいるのに、みんな走り回っていた。いま、五十四歳のぼくもこんなに元気だったのかと、ニヤニヤしながら観ていた。

　シーンが代わって金管バンドの先頭にはバトンクラブがいる。おっ、そこにはさくらの姿もあった。なんとなく照れた雰囲気を出している。よく考えてみると、彼女はあまり表に出たがらない引っ込み思案な子ではなかったかな。だけど写生大会など絵を描かせれば必ず賞を取っていた。集英社の月刊誌『りぼん』で新人賞を獲得し、「ちびまる子ちゃん」で全国デビューしアニメ化までさせた彼女は、その頃から絵心は満点だった。そんなパワーがある彼女はバトンさばきも上手だった。

今でもぼくはこの時代が好きだった。先生やクラスメートと面白いことを毎日披露して、褒められたり叱られたりをしていた。

学校へ早く行き、女子に見つからないようにブーブークッションを仕掛けたりした。だけど朝の会でぼくに仕掛けられた女子が、「浜崎君にブーブークッションのいたずらされました」と言い、クッションを没収される。こんなことをぼくは繰り返していて、いたずらばかりしていたが、毎日が充実していた。

ミカン狩りのシーンで今では怒られるだろうが、ぼくはミカンでキャッチボールをしていた。あの時代はノビノビと自由でよかったなと、今はとても感じている。いまの子どもが可愛そうなのは、大人はすぐにこれはダメ、あれもダメと、子ども本来の自由でノビノビとしたワンパク性を封じて、やらせなくなっていることだ。

「そうだ、このＤＶＤはさくらの母へ渡そう」ぼくは一度観たのでいい。せっかくの彼女の若い頃の映像だ。これを観てくれれば、両親は懐かしく思うはずだ。

すぐに色紙と一緒に親せきのおばさんへ渡しに行く。いつもアポなしで行くので「あなたはいつも突然にやって来るのね」と怒られる。

今回は事情を話したら、「それはスゴイ」と、とても喜ばれた。色紙と手紙、ＤＶＤをおばさんへ渡した。

いつも思うのだけどこのおばさん、さくらによく似ている。それを言うと「そんなことはない」と言い返される。それでも顔はうれしそうに笑っている。

さくらの母すみれさんと父のひろしさんはもう、ご高齢だが、元気に過ごしているのだろうか。

その後、さくらの両親からお礼の返事が来た。「とてもありがたかった」と書いてあった。

そのあと、さくらからもらった「まる子と、はまじの色紙」を近くにある「ちびまる子ちゃんランド」へ卒業アルバムとともに寄贈した。ぼくが持っているよりも多くの人の目にしてほしいと願った。ランドさんもとても喜んでくれた。ただ、卒業アルバムの中身はプライベートになるため見せられないと言う。

ちびまる子ちゃんランドのイベントではアルバムの表紙のみだった。ちなみにその表紙は、ランボルギーニのカウンタックのリア、トロンボーン、思い出の塔、どれもとても下手な絵

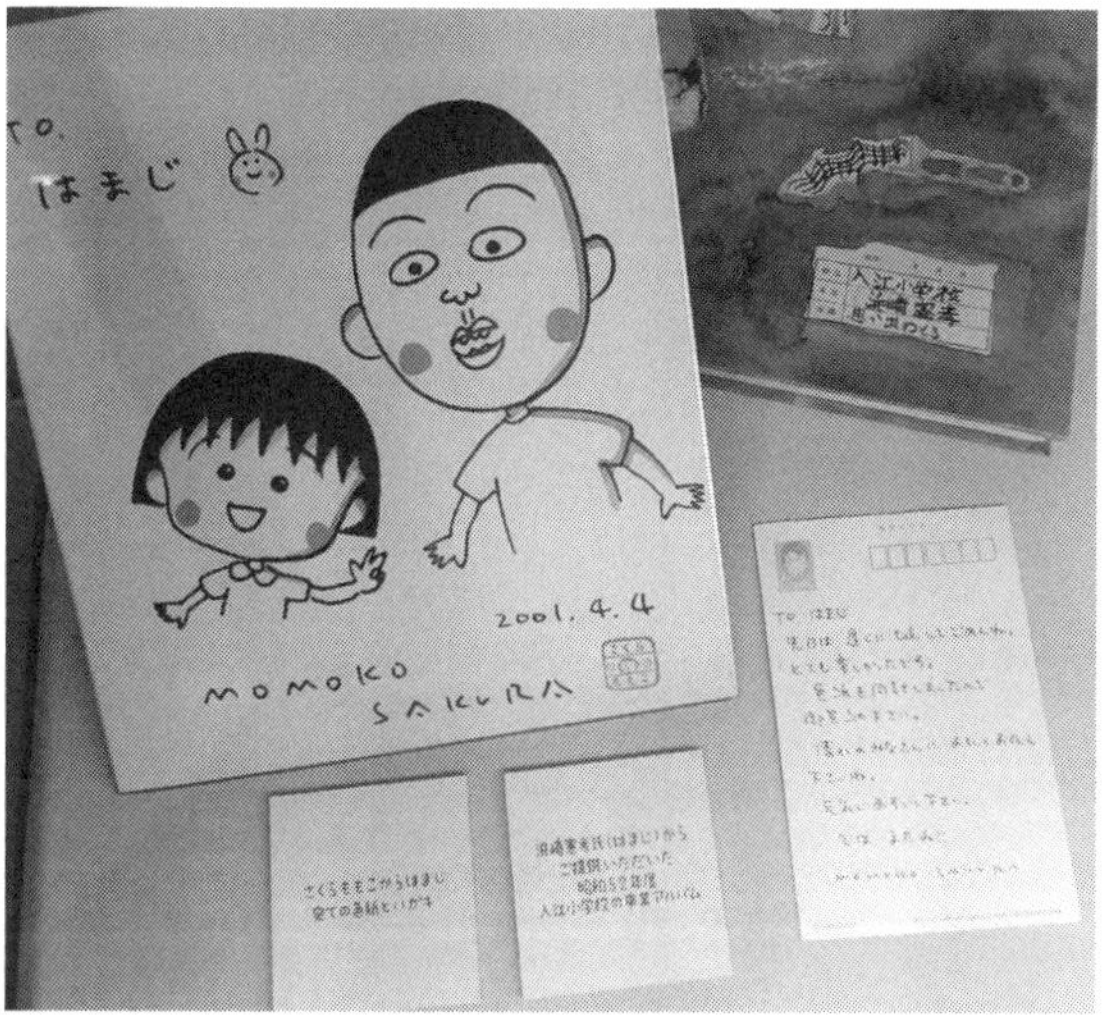

◉さくらももこが亡くなったあと、はまじは、さくらからプレゼントされた「まる子とはまじの色紙」と「はまじと、久びさに電話で話してとても懐かしく楽しかった」と書いて送ったさくらからの葉書きと、卒業アルバムを、「ちびまる子ちゃんランド」に寄贈した。

でバックが青暗い色。ぼくの当時の心を絵にした時にそうなったのかな。

こんなこともあった。小さい頃、さくらやぼくの大好物だったようかん屋の「追分ようかんさん」へ通りかかった。

二〇一八年の八月上旬だったと思う。さくらが亡くなったあと、久しぶりに顔を出すと喜んでくれた。

「はまじが何年ぶりに来てくれて、その後すぐにさくらさんが亡くなった。それが何か前兆だったのかな……」

と虫の知らせのようなことを話した。ぼくが前兆だったとは……。それにしても哀しい。

さくらとの思い出が次々に沸いてくる。

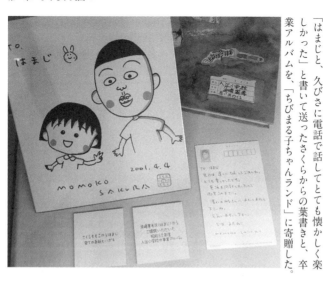

さくらももこがどういう女性で、どんな子どもだったのか。『ちびまる子ちゃん』のモデルとなったクラスメートとはどんな関係だったのか。ぼくらは彼女からどんな思い出をもらったのか。改めて、本の取材でクラスメートたちを訪ねた日々を思い出してみた。そして、そこからさくらがどういった女性であったのか、それを深く知る心の旅に出た。

こうして、さくらと三年四組の三冊目の本がスタートした——。

二〇一八年八月十五日

二〇一八年の八月十五日、ぼくは両目を見開いて画面のニュース速報のテロップを読んでいた。さくらががんが原因で亡くなった。まだ五十三歳の若さでだ。

乳がんとはうそだろ……。

健康に気遣っているはずだ……。

うそだろうさくら……。

すべてのがん治療を試したのかい……。

抗がん剤だけでなく、がんに効く温泉へ行ったりしなかったの……。

そんな思いが交差して、さくらの死亡ニュースがにわかに信じられなかった。その夜のテレビのトップニュースで改めて事実と知った。同級生のさくらももこが八月十五日に亡くなっていたことを。

さくらとは小学三年生から中学一年生をのぞいた中学三年まで、六年間をクラスメートとしてともに過ごした。

小学三年生時代のぼくのプールの脱走、登校拒否、怖い戸川先生をさくらはすべて知っている。さくらはそれでエッセイ的な漫画『ちびまる子ちゃん』を発表した。

なぜ、ドラマが三年四組かはわかるような気がする。個性豊かなクラスメートがいっぱいいて、仲間意識もとても強かった。実在の戸川先生は怖かったので、漫画では優しく描いたのではないだろうか。実際のモデルは小学校五、六年の担任であった浜田先生のようだ。さくらのエッセイによると、さくらのおじいちゃんの友蔵は威張っていたのでアニメは優しくしたことを知った。戸川先生もそうしたのだろう。

実在のキャストもたまちゃん、花輪くん、丸尾君、はまじ、かよちゃん、とくちゃん、野口さん、ケンタだ。

三年四組のクラスメートは、さくら、はまじ、かよこ、野口と四人だった。他の生徒は小学校五、六年時代や中学時代と重なっている。

小三時代は、ぼくはさくらのことをあまり知らなかった。戸川先生のことが怖く、登校拒否児童だったりして、クラスメートのことを気にかけていられなかった。ただ、ぼくと違ってさくらは真面目に過ごしていたのを覚えている。観察力が鋭く、文章もうまかった。それが『ちびまる子ちゃん』の創作の元になっていると思うな。

四年生くらいから、わりと多く会話するようになった。さくらはおとなしく、一人でノートへ漫画を描いていた。さくらが実際に描くはまじは小学五、六年生のぼくのようだ。

彼女は五年生から女子の憧れだった、バトンクラブへ入部する。

運動会などマーチングバンドの先頭に立ち、梅干しばあちゃん顔のちょうちんブルマーで、バトンをくるくると回していた。よくぞ回せるなと感心するくらい見事なバトンさばきだった。六年生になって腕はさらに上達していた。運動神経もあったね。

たまちゃんとは、五年生で知り合ったのではないかな。違ったらごめんよ。交通委員会も同じだし、二人がよく一緒にいたのを覚えている。とにかく一緒だった。

かよちゃんも仲間だし、さくらには友達が多かった。ただ漫画のように、中心人物ではない。だから他人を観察する眼が養われたのではないだろうか。それが『ちびまる子ちゃん』

を生んだんだと思う。

小学生のぼくの声も、あんな威張る声ではない。大体子どもだ。最初に聞いたとき、なぜあの声なんだと思ったけど、今ではぼくもすっかり物まねできるので、まぁ、よしとする。

高学年のさくらはノートの四つ角に漫画を描いていた。うまかったな。ただ目がキラキラ輝く絵で、まる子ちゃんのようなシンプルな絵ではなかった。

学校が出す文集などではたしか委員長を務め、小学生にしては、とても長い文章を書いていた。先日、友人からその手書きの文集を見せてもらい驚いた。大人顔負けのきれいな字で書かれていた。色紙などで書いてある、あの丸っこい字ではなかった。これをみなさんが読んだら、小六の感性ではないことを知るだろう。

さくらが漫画家を目指していた高校時代、ぼくは高校を中退して上京した。そして漫才師になろうとして動いてみたが、失敗した。その頃さくらは、『りぼん』へ応募し、めでたく集英社の新人賞を獲得。そのあとはご存知のように、順風満帆の作家活動を送った。挫折を繰り返して人生を送っていたぼくとは雲泥の差だった。でもぼくらが知らないところでさくらも壁にぶつかったりしたんだろうな。

賞を取って正直、漫画家になれても挫折してうまくいかなかった人はたくさんいるだろう。

しかしさくらは、私的漫画で成功し、テレビアニメまでになった。それもサザエさんのように国民的アニメへ定着した。運もいいのだろう。

それに比べ、ぼくには才能もないし運がない。あるいはそこまでの人間なのか。

漫才師を志し、もしラッキーにもお笑いの世界へ入ったなら、どんな人生を迎えていただろう。

中学時代のことだった。その頃、なぜかさくらがぼくをじっと見ていることがよくあり、それがどうも気にかかった。後ろを振り向くと斜め後方の彼女がぼくを見ている。それもジッーとだ。「なんだ」、何を見ているのかと思う。また振り向くと、彼女は「ジッー」と見ている。それも目を細めて。何かに感情移入して考えているように。

そんな光景が中学二、三年時代に何度もあった。

彼女は目が悪いのに、アニメのように席は後方だった。赤ぶちのメガネはあまりかけず、目を細めたり人差し指と親指を目に当てて黒板を見ていたりする。何をやっているのだろうと思い、さくらのマネをすると、先生から、

「目が悪くないからそんなことをしたらダメだ」

と言われたことがあった。

大人になって目が悪くなり、片手で小さい丸を作ってそこから遠くを見るとよく見える。あっ、これか、とようやくさくらがやっていたことが理解できた。

あの頃、何度もそのような感情移入モードを浴び、あるときぼくは、さくらに問いかけたことがあった。

ぼくが後ろの生徒に話しかける時、さくらが視界に入った。そのときも、ジッーと見られていた。一度正面を向き、また振り向くとまだ見ている。そこで問い質した。

「なに見てるんだよ」

それでも彼女は黙って、何かに取りつかれたように、ジッと細くした目でこっちを見ている。

「おい、なんだよー」

と言うと、さくらは驚いたようにハッと我へ返った。まるでエクソシストか、何かの霊が憑依《ひょうい》しているような様子だった。一体なんなんだ、とても不思議な女子だ。

今から思えば将来書くことになる『ちびまる子ちゃん』の漫画のキャラクターを頭にイメージしながら思い描《えが》いていたのかもしれない。

さくらを入れて女五人、男四人の同窓会

中学を卒業し、お互い別々の道へ行った。ぼくは校則の厳しい高校へ入学し、さくらは県立高校へと入学した。

高校を中退したあと、十七歳の時に一度同窓会を行った。ぼくは二日酔いのまま仕事場の作業着で出てしまった。未成年のくせに前夜、友達と焼酎のコーラ割りをたくさん飲んだ。当時は酒はあまり強くなく、翌日も二日酔いで酔っぱらっていた。ヘルメットとおもちゃの刀を持参し、みんなの前で隠し芸をして、その場を盛り上げた。みんなはキャッキャ言って喜んでくれた。メンバーは、女子五人に男子四人のこじんまりした同窓会だった。

その中に黒のストッキングを履いたさくらがいて、ぼくに懐かしそうに笑顔を見せてくれた。スカートの下に黒のストッキング、しばらくぶりのさくらはずいぶん女っぽくなって大人びて見えた。

「さくら、ずいぶん変わったじゃないかよ」

と驚くぼくに、さくらはニコニコしながら、

「そんなことないよ」

とまんざらでもないような顔をして答えてくれた。この同窓会の発起人は、少しヤンチャだったAくんで、その会によくもあの、おとなしいさくらが参加するとは思いもしなかった。同窓会の場所はそのAくんが学校とかけあい、日曜日なら使っていいよということで三年二組の教室を借りて行った。

九人は近況と、小、中学時代のおもしろ話に花を咲かせ、再会のひとときを楽しんだ。さくらも自分のことや、友人のことなどを楽しく語った。絵も色々描いていると言っていた。落ちこぼれ状態だったのはぼくだけだった。

さくらと会ったのはそれが最後だった——。

ぼくも本を出したい

今から二十年以上前に、テレビでさくらももこの『ちびまる子ちゃん』のアニメが始まった。

ぼくはその中に出てくる「はまじ」こと、浜崎憲孝《はまざきのりたか》だ。はまじというのは「ハマチの養殖」からついたあだ名だ。

『ちびまる子ちゃん』の中では、ぼくも、まる子も、たまちゃんも、みんな小学校三年生のままだが、ぼくは今年で五十五歳になる。仕事探しで上京したこともあるが、今は地元であり、漫画の舞台でもある静岡県清水区に戻ってきている。

ぼくには九歳年下の妹がいて、彼女は毎月『りぼん』を買って読んでいた。そしてぼくが二十代中頃のとき、彼女が、

「さくらももこの漫画にお兄ちゃんが出てる」

と言って、ぼくに『りぼん』を見せてきた。それはぼくの初登場でもある「プールびらき」という話だった。水泳キャップのところに「ハマザキ」と書いてある少年が出ていて、顔もぼくに似ていたので、それが自分なのだと思った。

ぼくはエラいことになったなあと思うのと同時に、心の中に密かに喜びが込み上げてきたのを覚えている。「さくらやったな!」と。

さくらは小学校のときから、漫画家になりたいと言っていた。そしてそれがこうして叶っている。これがさくらの漫画なんだ。すごいことだな、と思っていた。なんだが自分の手柄のように嬉しくなってしまった。

そして、ぼくもさくらのように自分の人生のことを書いてみたいと身の丈以上のことを思った。漫画の中では馬鹿みたいに見えるし、漫画の中のぼくはいつまでも年をとらず、いつまでも小学三年生のままだ。でも実際のぼくはもちろん年を取ってきたし、この年になるまで、まあ、いろいろな出来事があった。漫画のキャラみたいに変わった男だった。どれが本当の自分の人生かわからなかった。「いまこそ本当の自分を書いてみたい」と、そう思ったのである。

「プール事件」「戸川先生の思い出」「両親の離婚」「義父との関係」。思い出すだけでたくさんのことが出てくる。

『ちびまる子ちゃん』のあとの「はまじ」の人生はどうなったのか、ぼくは書いてみる決心をした。いま風に言えば自分史ってとこだ。

まず、自分の出生からの生い立ちを手書きで原稿用紙に書き出した。当時、二トントラックで配送の仕事をしていて、仕事の合間に少しずつ書き始めた。

初めて書いた長編作文。原稿用紙換算でおよそ二百八十枚書き、それは八カ月に渡った。いまから考えればずいぶんと遅い。パソコンで打てば一週間くらいで終わっているかもしれない。

この原稿がどうすれば本になるのか。本屋で出版の公募ガイドを探した。手にとった『公募ガイド』を見ていると、目を見開いた。それにはこう書かれていた。「あなたも出版しませんか」。よく読むと、お金を払えば本を出せることが書いてある。いわゆる自費出版のことだ。

「よし、書くぞ！」

と、目標を持ち原稿用紙を何枚も買った。そして手書きで書き出していった。そしてすべて書き終えると公募ガイドに載っていたひとつの出版社、彩図社へ的を絞った。この会社だけは出版費用が書いてあり、ぼくにも手が出せる料金だ。

原稿を送ったが、すぐに連絡がなかった。二週間後の夜に電話が鳴った。

「……あの、原稿を読みました。あなたは『ちびまる子ちゃん』のはまじさんですね」

四十くらいの男の声は笑っていた。

「はい、そういうことですべて書いて送りました」

三年四組を赤裸々に書いたつもりだった。

「出版するには条件があります。こちらとしてはぜひ出版したいのですが、もう一度書き直ししてもらえませんか？　それと、さくらももこさんに挿絵が是非にほしい。それには級友であるのりたかさんが手紙で連絡してほしいのですが……」

そういうことは出版社の仕事ではないかと、聞いてみた。

「なぜぼくがするのですか？」

「いえ、はまじさんは同級生ですし、ましてや『ちびまる子ちゃん』の漫画のキャラクターモデルの一人ですから」

すでにぼくは、はまじで「のりたか」ではなくなっていた。

「最近まったく会っていないし、連絡先もわかりません」

「そこをなんとかお願いできませんか？」

「とりあえず、こちらも考えてみます」

一回目の電話はあと味悪く切った。長いこと会ってないから手紙は出しずらい。こんなことなら他の出版社にすればよかったのか、と思い悩んだりもした。

出版社から二回目の電話はそれから二、三日経ってかかってきた。

「こっちもさくらプロをいろいろ調べたのですが、連絡先がどこにも載ってないです。はまじさん、同級生をたどって調べてほしいのですが……」

以前、さくらはＮＨＫに出演したらしい。友人の話では、顔をぼかして出演していたようだ。正直、漫画のキャラと顔はまったく似ていない。ただし性格は似ている。クラスの中心人物ではなかったが、おだやかで、おとなしいタイプだった。

出版社から再度電話で「さくらさんの件、進んでますか」と聞かれたが、何も進んでいない。正直、誰にさくらの連絡先を聞けばいいか迷っていた。

それから二、三日経ち、ぼくはさくらと仲がよく、アニメにもたまに登場する、かよちゃんことニンジンに電話をしてみることにした。

なぜニンジンかというと、顔が二等辺三角形のように長く、ニンジンのようだから。これはアニメのキャラとは違った。

彼女とは十年前に同窓会で会って住所録をもらったので電話番号は知っていた。その名簿には、さくらのところは連絡先が空欄になっていた。

久々のニンジンは変わっていない。なにげなく話をして、「実は……」と切り出した。ニンジンは住所と電話番号を教えてくれたが、「何年も電話をしていないから引っ越しているかもしれないよ」と言われた。

とりあえずお礼を言って受話器を置いた。

さくらの事務所の住所をゲットしたはいいが、どう切り出していいか困った。

さくらに宛てた手紙

「拝啓、梅干し様　誰かわかるか。おれだー」なんて。こんなことをつぶやいてみた。

でも、こんな乱暴でエラそうな内容ではダメである。ここは紳士でいかないとならない。

でも、同級生の女子に手紙などとは、ぼくのキャラではなかった。とは言うものの、踏み出さなければ前へ進めない。

「よーし、こうなったら一丁書いてみるか」

と、ようやくペンを握った。

「拝啓梅干し様（ここはさくらの本名）のりたかです。いつもテレビでアニメを見ています。(たまに）映画も見に行ったのです。なぜこのような手紙を送ったかというと、本を出版することとなりました。それで表紙に『はまじ』の絵をほしいこととなりました。それでまず手紙でお願いをします。そしてなぜぼくが本を出すかというと、自費出版で出せるところがありました。まず審査をして、内容からそれでは出しましょう、となりました。条件が表紙の絵と挿し絵の許可です。もしよろしければぼくへお電話を下さい。しかし、梅干しはすごいなー。大物になったな」

こんなことを書いて、さくらへ送った。

さくらからの突然の電話

それから二週間ほど経ち、さくらから夜遅く電話があった。

コールに誰からと思ったらさくらの声。

「もしもし、はまじ、久しぶりだね。元気だった？」

その日は、ちょうど友達とサッカー観戦に行き帰ったところだった。

「えっ、さくら、さくら、さくらか……」

と耳を疑って連呼してしまった。いくら同級生とはいえ、いまや超がつく大物からの電話なので、ドンドンと脈が速まった。

「そうだよ、あんたたいしたもんだね、本を出すとは」

「そんなことないさ、そっちがすごいよ」

徐々に緊張が解けてきた。

「だってはまじが本だよ、誰が聞いても腰を抜かすよ」

「そうかな、自分は腰痛持ちだけど。それよりタウンページに事務所の住所載せとけよ。ちょー苦労して探した。といっても、ニンジンに聞いたけどな」

「そうだってね、かよちゃん元気だった？」

「元気どころか、なんだかんだとうるさかった」

「そう、友達と会ってる？」

「おお、きょうサッカー一緒に行ってきた、タコハチと」

タコハチとは一緒にバンドをやったメンバー。

「へー。で、どうすればいい？」

「まず表紙の絵をほしいけど、いいか？」

「いいよ、いままで連絡しなくてごめんね」

ここで初めて漫画のキャラのことを謝った。

「いいって、じゃ、書いてある住所に送ってきてよ。それと挿し絵もいいかい？」

さくらは「うん」とうなずいた。

「ありがとう、助かった」

「じゃ、はまじも元気でね」

「さくらもな」

と言い、電話を切った。ほかにもいろいろ話したが、時間にして二十分ほどの会話だった。久しぶりの声は小、中時代と変わらない。たぶんその声から老けてないんだろうなと、そんな想像をして布団へ入った。

翌日、さくら本人から直接に電話をもらい、許可が出たことを出版社に伝えると、担当者は驚き、そして声を弾ませた。

「これで出発地点です。お互いがんばりましょう！」

ぼくも「お願いします。がんばります」と喜びを伝えた。

その三日後に表紙の絵と、さくらからの色紙とメッセージカードが届いた。電話で表紙以外に色紙を送るからと言っていたので「いいよさくら、余分な仕事をしなくていいよ」と言ったのに、律儀にも送られてきた。これには感謝した。さくらの友情に心から「ありがとう」をつぶやいていた。

こうして『僕、はまじ』（彩図社）を出版できた。二〇〇二年二月のことである。

第二章

『ちびまる子ちゃん』と三年四組

さくらに感謝すること

三年四組の登場キャラクターは実在のクラスメートとその家族がモデルになっている。多少は創作されているものの、さくらの観察力には驚くばかりで、見事にクラスメートの特徴をとらえている。

　『ちびまる子ちゃん』は、一九八六年（昭和六十一）月刊誌『りぼん』で連載がスタートして、そののちにテレビアニメになり、一躍国民的人気番組になった。

　コミックは通巻発行部数を三千万部以上発売して「平成のサザエさん」と呼ばれるほどの国民的認知度を得ている。

キャラクター商品もなんと七百億円に達したとされており、さくらはぼくらにとって、もう雲の上にいるような存在になっていた。

漫画の三年四組の登場人物の一人にぼくを入れてくれたことに、さくらに感謝をしている。おそれ多くもそんなさくらに触発されて、ぼく、はまじの物語を書いてみよう、と、本作りを始めた。挫折ばかりの人生の中、成し遂げることを一度くらいやってみたい。

それがさくらの協力を得て一作目の『僕、はまじ』につながった。

一作目が書き上がったものの、何か物足りなかった。クラスメートについてのエピソードが少ないのに気がつき、機会があれば登場人物のクラスメートを取材で訪ねて書いてみようと考えた。

このことがあとで二冊目の著作『はまじと九人のクラスメート』（徳間書店）につながることになった。


ある日ブックオフの二階をうろうろと中古品を見ていたら、ワープロがたくさんあった。そういえば編集者が「ワープロを覚えれば、書くのが楽だよ」と言っていた。

ぼくが字のキーを覚えられるのか。でも中一時代は楽譜もキーボードもベースもドラムも独学で覚えた。やれるだろう、と思って二千円のワープロを買った。

自宅でいじるとチンプンカンプン。幸い説明書がついていたので、徐々にキーを打つ。

その日、たった四行打つに四時間かかった。いまでは一分くらいのはずだ。

ローマ字とカナ入力があったが、ひらがなで覚えることにした。今となってみるとローマ字入力のほうがよかったと思う。

三年四組の実在する級友たち

『ちびまる子ちゃん』は、作者であるさくらの子どもの頃の思い出がベースになって描かれている。物語によってはさくらが作り上げた登場人物や出来事も含まれているそうだが、出演するキャラクターのうち、ぼくが実在する人物だと思っているのはこの人たちだ。

まる子（さくらももこ）
たまちゃん
野口さん
花輪クン
かよちゃん
ブー太郎
花屋のとくちゃん
丸尾君

はまじ
戸川先生
ケンタ

さくらとぼくは小学校三年から六年、中学二年、三年と六年間も同じクラスだった。何度も言うようだけどさくらは、今や大変な有名人となった。ぼくから見れば、まるっきり別の世界の人物でさえある。

当時のさくらは、漫画にあるように、性格的に温厚で、だけど漫画のなかの本人のように少しドジだった。ぼくもドジだった。

さくらは漫画を描いているのを先生に見つかって叱られたり、リレーの練習中にバトンを落としていたような記憶がある。

体育のときはちょうちんブルマーというスタイルで、髪は三つ編みが多かった。やっぱり人間観察は得意だったので、そういうところから漫画家になったんだなあと思う。

あと、よく覚えているのは、さくらの顔が「おばあちゃん顔」だったことだ（こんなの書いていいのかな？）。

さくらは目が悪くて赤い縁のメガネをかけていたので、それをかけているときは、よりおばあちゃんのような顔になっていた。

漫画にも出てくるけど、そんなさくらのことをぼくは「梅干し」と言ってからかったことがあった。

そんなぼくはさくらから逆に「きゅうり」と呼ばれていた。ぼくは顔が長いからだ。でも見事にぼくのことをデフォルメして、うまい表現をしている。

漫画の中でぼくとさくらが噂になったという話があったけど、あれは多分、事実だと思う。というか、あの頃はあんなふうに黒板に相合傘を書いたりするようなことが流行っていた。そしてその二人のことをものすごくひやかすのだ。

書かれた相手は、当然逆襲に出る。

自分の名前を書いた相手の名前を今度は書くのだ。相合傘の上にハートマークをつけたり、周りにピンクのチョークでハートを散りばめたりと、どんどん相合傘が派手になっていくのだ。

声をかけても一回では振り向かず、二回目でようやくこっちを向いてくれたものだ。常に何かを考えているかのようだった。

まるで「そこで笑わせろ」と念じているかのようで、たまにその念がぼくの頭に通じてくる気がしたものだった。

だからぼくは、彼女のことを宇宙人とも呼んだこともあった。

ほかのクラスメートについても、思い出すことを書いてみる。

花輪クンのモデルは実は女性だ。ぽっちゃりとした人だった。家族が病院を経営していて、家はもちろん豪邸。一度もお邪魔したことはなかったがスゴイ家だったと聞く。

たまちゃんは笑ってばかりいる女の子だった。

ちょっとのことでもおおげさにうけてくれた。声も大きく、いつも元気だった。当時はメガネをかけてはいなかった。

現在はアメリカに嫁ぎ、日本に住んではいない。

漫画と同じように秀才でメガネをかけていたのが**丸尾君**だ。もちろん学級委員長にもなったことがある。野菜がとても嫌いで、給食に野菜が出ると、放課後まで食べさせられていた。

残念ながら、「ズバリ」は口癖ではなかったが、自分が得意なことに関してはとことん語るような熱弁家だった。
現在はコンピュータ会社に勤務している。

はまじはもちろんぼくのこと。漫画に描かれているぼくは、三年生の姿というより、むしろ五、六年生頃のぼくに近いと思う。現在は無職とアルバイトを繰り返している。
ぼくが思うに、**ブー太郎**も実在人物がモデルだ。小学三、四年時に同じクラスだった、野球が大好きな男だ。ぼくと同じく、横浜ベイスターズのファンでもある。彼は当時、小太りだったので、ブー太郎になったのかもしれない。
数年前にサッカー観戦に行ったとき、ブー太郎に出会った。恋人と一緒に来ていて、ぼくのことをいろいろと説明している様子だった。聞いた話では、今はとある会社の営業をしているとのことだった。

これはぼくだけの勝手な思い込みかもしれないが、**野口さん**は、漫画と本物の顔がそっくりだという気がする。実名は全然違うが、あだ名が「のろ」とか「ごぼう」だったので、「のろ」が変形して「野口」になったんじゃないかと思う。当時の彼女は漫画同様に、やや暗い女性だった。今はスーパーのチーフをしている。

漫画に登場する**戸川先生**は優しい人物だが、実際はとても怖かった。いつもサングラスをかけた、タバコ好きの先生だ。ぼくは厳しいプールの授業が嫌で、そのために登校拒否になったが、その頃に何回もぼくの家に迎えにきた。今になって思えば、とても迷惑をかけた。

花屋のとくちゃんはそのまんまで、家が花屋さんをやっている。小学校時代から音楽が好きで、音楽隊に所属していた。中学校に入ると、ぼくと同じブラスバンド部に入った。一緒に演奏したこともある。その後、高校生、社会人になってもブラスバンドを続けていた。今は家業を引き継いで、花屋の主人になっている。

かよちゃんは今でもさくらと仲良しだ。ぼくが『僕、はまじ』（彩図社）を出版することになったとき、さくらに連絡を取ろうとしたが、誰も連絡先がわからなかった。しかし彼女だけは知っていた。

小学生の頃のかよちゃんはとてもやせていた。「ニンジン」というあだ名をつけたほどだ。声が大きく、しかも早口な人だった。某化粧品メーカーのチーフをしていると聞いた。

ケンタは小学校の五・六年生の頃に同じクラスだった。サッカーが大好きで、将来サッカー選手になりたい、と言っていたものだが、その夢を実現。清水エスパルスに入団して大活躍した彼は、現役を退いたあと、Jリーグの指導者として頑張っている。そう、あの人気選手だった長谷川健太だ。

小学校の頃の彼は、給食時に他の人が食べきれないものをごっそりひき受けていたので、昼には彼の机の上は食べ物でいっぱいになっていた。もちろんぼくの嫌いなものも好んでもらってくれたものだ。

そんな大量の食事を平らげている彼の机の下には、サッカーボールが毎日置かれていた。サッカー部員として朝練をやっているのに、昼休みはみんなとサッカーをして、夕方の部活にも参加するというサッカー男だった。すごい。

　こんなあたりが実在するクラスメートだ。現在、みんな素晴らしい人になっている。みんなの功績を聞くと、ついつい自分と比べてしまい、へこむときがあるが、まだまだ先があると信じて、やりたいことにもっと挑戦していきたいと思っている。

『ちびまる子ちゃん』で実在する人物をあれこれ思い起こしていたが、やっぱり本人たちが今、何をしているのか知りたい。そこで、久しぶりに花屋のとくちゃんに会った。ここではとくちゃんをはじめとする数人のクラスメートの実家を久しぶりに訪ねたときのことを書こう。

　現在、彼もぼくとおなじ清水に住んでいる。杉浦生花店で主人をこなしている。突然の訪問にやや驚いた表情をしていたが、すぐにニコニコした笑顔で迎え入れてくれた。エプロン姿が似合っていて、「いかにもご主人」という様子だった。家庭的な雰囲気に加え、かわいらしい犬までいて、うらやましく思った。

とくちゃんとさくらの家は近いので、花屋に立ち寄ったあと、さくら家の前を通ってみた。さくら家は一家そろって東京に引っ越したので今は空き家のはずだが、そのときはなぜかたまたまシャッターが開いていた。

ぼくは中をのぞき込み、「こんにちはー」と声をかけてみた。奥でおばさんが掃除をしていた。ぼくは少しばかり驚いた。なぜなら、その方があまりにもさくらにそっくりだったからだ。おばさんに、ぼくはさくらと同級生だった、と話すと、

「ああ、そうかね」と笑顔で返事をしてくれた。

おばさんはさくらの親戚だった。ぼくは、

「おばさん、さくらにそっくりだね」

と言った。すると彼女も、

「そう？　でも私はまる子の母さんにそっくりだってよく言われるよ」

と自分で言っていた。しゃべり方はアニメの中のお母さんに似ている。どことなく、さくらの口調にさえ似ているような気までしてきて、小学校時代にタイム・スリップしたかのような感覚に陥った。

ぼくはおばさんに、なぜここにいるのかを聞いてみた。すると、「空き家にしていると何

かと傷むし、ほこりもたまるから、久しぶりに掃除をしに来ているんだよ」と教えてくれた。

その後、ついでにと、丸尾くんのモデルと思われる人物の家に行ってみることを思い立つ。さくらの実家からもすぐだ。

丸尾家のチャイムを鳴らすと、お母さんが出て来た。このお母さんも漫画に出演していたことがあり、実は本物にそっくりだったりする。お母さんは、丸尾は日曜日なのに仕事に出かけていると答えてくれた。丸尾は現在、大手コンピュータ会社で働いている。ずいぶん忙しそうだ。こんな働き盛りの年齢なのに、ヒマでうろうろしているのはぼくぐらいのものなんだろうなぁ。


ここでみんなを紹介してみたい。まずはさくらと一番仲が良く、漫画でも親友として描かれているたまちゃんから。

まるこの大親友の「たまちゃん」

コミックス全巻、そしてアニメでもまる子の親友として描かれているのが、たまちゃんだ。

キャラクターとしては、三つ編みヘアとメガネがトレードマークのとても優しい女の子。どんなときでもまる子のそばで、優しく接してくれている。でも小学校の頃は、確かメガネはかけていなかった。かけるようになったのは、高校生の頃からなんだそうだ。

まる子の親友たまちゃんのモデルがアメリカに住んでいることを、ぼくはさくらのエッセイを読んで知った。しかし、漫画内での彼女の役割の重要さと、さくらと彼女の仲の良さを考えると、ぼくはどうしてもたまちゃんに話を聞きたかった。そこで、アメリカに手紙を送ることにした。とはいえ、彼女の現住所を知っているわけではなく、またむやみに他の人から聞き出すのも迷惑になる可能性がないわけではない。彼女の家族に手渡すのがよいかと判断した。

たまちゃんの家に電話をかけると、女性の方が出る。

「……あの、そちらはたまえさんの自宅になりますでしょうか？」

と丁重にたずねた。

「……ええ、そうですけど。なにか？」

若々しい声だ。まさかたまちゃん？　と懐かしく思った。

「あの、浜崎のりたかというものです。あのさくらちゃんの『はまじ』のモデルの」

と言うと、

「ああ、はいはい、はまじですかー」

と、ここで笑ってくれた。いたずら電話などの疑惑がなくなったのかもしれない。

「それでですね、たまえさんと連絡をとりたいのですが、海外に嫁いだと聞きまして、失礼ですが、もしかするとたまえさんですか？」

電話の相手は、あまりにも小学時代のたまちゃんの声に似ていた。

「いえ、わたし姉です」

「そうでしたか、とても似ている声で、たまえさんかなと思ってしまいました。すいません」

「いえ、いいですよ。それでどうするの？」

「あっ、実はですね、質問用紙と手紙を書きましたので、そちらへ届けていただけないでしょうか？」

一《いち》か八《ばち》かのお願いをした。

「んー、どうしよう、もらって、たまえに渡せばいいのね」

「はい、ぼくはまったく変な者ではありません」

「わかりました」

「ありがとうございます。それでいまからお宅へ向かってもいいですか？」

「んー、まあいいですよ」

と言われ、家の住所を聞いて自転車へ飛び乗った。手ぶらでは悪いと思い、途中に和菓子屋さんに寄って、ようかんを買った。

十五分後に家に着くと、こっちに向かって犬が何度も吠えている。檻に入ったドーベルマンだった。まわりを見渡すと、たまちゃんの姉が庭にいた。たまちゃんにそっくりだ。双子とは聞いてなかったが、目がくりくりしていて、おかっぱでちょっと太め。アニメとは似ていなく、メガネもかけていなかった。

「あの、さっき電話した浜崎です」

と、恐縮した。

「はいはい、はまじさんね」

と笑っている。これは好感触かな？

「すいません、お忙しいなか無理をいいまして」

「いや、いいですよ。さっき買い物に出ようと玄関にいたときの電話でしたの」

「ああ、すいませんでした。それでは買い物に行ってないわけですから、急ぎます」

と自転車をブロック塀にとめて庭へ入ろうとすると、犬の吠えが増す。

「そっち行きますから」

と来てくれた。

「あの、これ……」

まずようかんを差し出す。そして手紙と質問用紙を手渡した。

「アメリカから夏休みにたまえと子供は帰ってくるんですよ、だからちょうどよかったね」

「そうだったんですか、それでは運がよかったのかな」

「そうだね、電話もちょうどかかってきたし、たまえも帰ってくるし運がよかったよ」

「ハハハ……」

ぼくも頭をかきながら笑い出す。

「でも書いてくれるかな?」

とお姉さん。

「ああ、書いてくれなくてもいいです。ぼくが選定したのはたまえさんですから。でもとても重要なかたですので、よろしければと伝えてください」

「一応伝えますね」

「ではよろしくお願いします」

いままで受けた会社の面接より深く頭を下げた。

たまちゃんにぼくの手紙を渡してもらう約束を取りつけているうちに、お母さんもやってきた。

そして小学生の頃のさくらとたまちゃんの思い出話を聞かせてもらった。

いつも一緒に遊んでいて、さくらはたまちゃんの家へよく泊まりに来たらしい。漫画に描かれているのと同じように仲がとても良かったんだ。

お姉さんが聞かせてくれた話で面白かったのは、旅行先で友人が見ず知らずの人に、「この人はたまちゃんのお姉さんだ」と説明したら、何枚もの写真を撮られたりしたこと。やっぱりさくらの親友、たまちゃんは人気者なんだな、と感じさせるエピソードだ。

結局、アメリカのたまちゃんからは連絡がなかった。

クックックッの「野口さん」

濃いキャラクターが勢ぞろいの『ちびまる子ちゃん』のなかでも、ひときわ特異な存在なのが野口さん。まる子と同じお笑い好きという共通点もあり、ここという場面に登場しては、重みのあるひとことで場をビビらせる。ぼくはあるとき思い至った。野口さんにはもしや実在のモデルがいるのではないかと……！

ぼくがもしやこの人が漫画のモデルではないかと目星をつけたその人に二十二年ぶりに会った。突然、ぬーっと登場しては「クックックッ」と笑ったり、さくらの失敗で陰でバカにしたりと、インパクトのあるあのキャラクターだ。

漫画で野口さんの絵を見たとき、これは絶対に小・中学校時代の知り合いの、ある女性だと感じた。本人は絵とそっくりで、あだ名が前述の通り「のろ」だったからだ。当時の知り合いに聞いてみても、やはり彼女が野口さんのモデルになっているだろうと言う。直接さくらに聞いてはいないが、ぼくには確信めいたものがある。

ぼくは現在の彼女がどうしているのか、また野口さんのモデルになったことについてどう感じているのかを聞きたくなった。早速電話をかけ、食事でもしないかと言うと了解してくれた。

一週間後、野口家の近所にあるファミリー・レストランが会合場所だった。久しぶりに会ったにもかかわらず、中学生の頃と雰囲気は変わらず、野口さん役が彼女だと改めて深く思った。昔の彼女は大人しく、控えめだったが、ずいぶん話をするようになっていた。

はまじ　さくらももこが漫画家になったのを知ったのは？

野口さん　テレビでアニメが始まる以前、雑誌にさくらさんが載っているのを見て知った。

はまじ　そのとき、どう思った？

野口さん　すごいな、と思った。あのさくらさんが、と驚いた。

はまじ　『ちびまる子ちゃん』の登場人物についてはどう思った？

野口さん　実在する人だけじゃなくて、架空の人もいるみたいだね。

はまじ　その中で、「野口さん」は自分だってわかった？

野口さん　時間的にあまりアニメを見ることができなくて、全然知らなかった。昨年、はまじがＦＭラジオで、漫画に出演する実在人物の話をしていたでしょ。それをたまたま聞いて知った。

はまじ　「野口さん」の部分で「のろ」というあだ名だった人、と言ったときかな？

野口さん　そう。そのとき初めて、私は「野口」なのかと思った。さくらさんから直接言われたわけじゃないから、よく分からないけどね。

はまじ　漫画の野口さんと絵的に似ているよね。

野口さん　まぁ、そうかなぁ。だけど、「クックックッ」とは笑わないよ。

はまじ　漫画の野口さんはお笑い芸人が好きらしいけど、実際の本人もそう？

野口さん　すごく好きというわけじゃないんだけど、ダウンタウンが好きだね。

はまじ　そうなんだ。そうなると漫画に似ているかもね。ほかに歌手とかだと誰か好きな人はいるの？

野口さん　歌手はＳＭＡＰ、なかでも中居君と草彅君が好き。

はまじ　そっか、ＳＭＡＰかぁ。ところで、友人や知人に、実は野口さんなんじゃないか、と言われたことってある？

野口さん　直接言われたことは一度もなかったよ。ただ、さくらももこさんとは同級生だったと、同僚に言ったことはあるけど。
はまじ　さくらと同級生だったのって、何年生のとき？
野口さん　小学三年と四年生だけだったかな。
はまじ　そんなもんだっけ？　小学三年生のときは戸川先生だったよね。厳しかったよね。
野口さん　厳しかったねぇ。実は戸川先生はその昔、中学、高校の先生だったらしいよ。
はまじ　えっ⁉
野口さん　中学、高校を経て入江小学校にきたらしい。そんな話を聞いたなぁ。
はまじ　それは知らなかった。当時の三年四組のほかの生徒は、それを知っていたのかな？　あんまり知らない話だよねぇ。
野口さん　たぶんね。
はまじ　ぼくの小学三年時のこと、覚えている？
野口さん　プールから脱走したことや、学校に来なくなったことでしょ？
はまじ　そうそう。毎日が嫌だった。戸川先生が怖かった。でも今は水泳が趣味にまでなっているんだよ。
野口さん　すごく変わったねぇ。

はまじ　自分でもなんとなくすごいことだと思っている。あんなに嫌いだったのに。ところでぼくが本を書いたのを知っている？

野口さん　ＦＭラジオを聞いていたときに知った。はまじもすごいことやるなぁ、って思ったよ。

はまじ　じゃあ、野口さんさんのモデルの話を聞いたのもそのときかな？

野口さん　そう。ラジオにはまじが出演しているのでびっくりしていたら、もっとびっくりな話が飛び出して。

はまじ　そうだよね。ぼくが逆の立場だったらびっくりだもん。そういえば、今は仕事とかどうしているの？

野口さん　スーパーの店員だよ。

はまじ　ずっとそうだよね。

野口さん　だけど今のお店はふたつ目だよ。

はまじ　高校を出てからふたつしか仕事を変えていないんだ。ぼくなんかと違って、根性があるんだねぇ。

野口さん　たまたま良い上司に恵まれたからね。

はまじ　さくらに言いたいことってある？

野口さん　えーと、野口さんのモデルは私なのかってことかな。

はまじ　それいいね。公認になれば正々堂々と「私は野口です。クックックックッ」と物まねでデビューできるし。

野口さん　それはない！

二十数年ぶりの再会だった。それでもあまり見かけは変わっていない野口さんだった。

キザ野郎「花輪クン」

町で一番のお金持ち。バカでかい家に暮らし、送り迎えはヒデじいというじいやが運転するロールスロイス……というらやましいほどのおぼっちゃまキャラクターだ。そして花輪クンのモデルは実在する。しかしそれは男の子ではなく、なんと女の子である。

「ヘイ、ベイビー」でおなじみの花輪クンが実在していたことは数年前に知った。さらに、実はモデルが女性だったと知って驚いた。ぼくと彼女は中学校二、三年生のときだけ同じクラスだった。彼女とさくらは高校も同じだったので、かなり親しいそうだ。

彼女の家は病院を経営している。金持ちで、家も大きい。漫画の中の花輪家ほどには大きくないが。

十年ほど前に同窓会が催されたときに彼女と久しぶりに会ったが、昔と変わっていなかった。最近の彼女はどうなのか、あれこれ想像しながら、会ってみることを決意した。

実家に電話をしてみると、彼女がすでに結婚していることがわかった。つまりすでに家は出ているというわけだ。ぼくは自分の連絡先を伝え、電話を切った。数分後、ぼくの携帯電話が鳴った。彼女からだ。

久しぶりに話す彼女は、とても明るく受け答えしてくれ、ぼくからの連絡を喜んでくれていた様子だ。実家が経営する病院で働いているという。会って話をしたいと切り出すと、快く同意してくれた。

翌日の午後、彼女との待ち合わせ場所に向かった。

はまじ　花輪クンのモデルとなったのは、実は女性です。今日はその方にお会いします。ここでは便宜上、「花輪さん」と呼ばせていただきます。さて花輪さん、こんにちは（笑）。

花輪さん　こんにちは（笑）。

はまじ　えっと、唐突なんだけど、ぼくは二十五歳くらいのときにUFOに興味を持ったんだ。それで本を読もうと図書館へ通ったりしていたんだ。

花輪さん　私もUFO、興味あったな。ももこもね。よく『ムー』（学研）とか読んでたし、幽霊の足跡をとる、とかね。

はまじ　そうそうさくらもね！　UFOとか神秘的なものが好きなんだよね。

花輪さん　当時私は生物部だったんだけど、ももこは科学部だったわけ。まぁ、だいたいそんな名前通りの活動をするわけじゃないから、オカルト系の話を一緒にしたりね。

はまじ　なるほどね。心霊スポットとかね。

花輪さん　それで友達のなかの誰だったか、イタコの孫かなんかがいて、そんな話で盛り上がってね。キャーキャーやってたりしたわけ。

はまじ　高校卒業後はさくらとどんな付き合いだったの？

花輪さん　ももこは短大出てから東京で就職したわけよ。私は東京の専門学校に通っていたから、先に東京にいたの。そんなわけでももこが部屋を探すのとか手伝ったのよ。ももこは出版社に勤めながら、内緒で漫画を描いていた。

はまじ　出版社では編集とかやっていたのかな？

花輪さん　文章を書いたりはしていないと思うよ。もう詳しいことは忘れちゃったけど、半年くらいしかお勤めしてなかったかなぁ。辞めて、漫画で一本立ちしようと。

はまじ　あぁ。雑誌に応募したんだよね。

花輪さん　最初は『りぼん』ね。

はまじ　デビュー作も『ちびまる子ちゃん』だったの？

花輪さん　ううん。デビュー作は西高（注・さくらさんの出身高校）の先生をモデルにした『教えてやるんだ　ありがたく思え！』って漫画でね。

はまじ　へぇーっ。絵は今みたいな感じだったの？

花輪さん　当然『ちびまる子ちゃん』キャラクターは出てこないけど、ももこが描いたってわかる絵だよ。

はまじ　素朴な絵で？

花輪さん　そうだね。うーん。まる子とはちょっと違うかなぁ。

はまじ　小学校の頃描いていた絵は、少女漫画タッチだったのにねぇ。ぼくの場合、最初、妹にぼくが出ていると『りぼん』を見せてもらった。前後して友達に、さくらが漫画家になった、それが『ちびまる子ちゃん』の作者だと聞いて。漫画家かよ！　すげぇ！　って。

花輪さん　うんうん。

はまじ　それよりずっと前から、知っていたってことだよね？

花輪さん　そうだよ。それに前から絶対漫画家になると思ってたもん。

はまじ　才能あったんだ。

花輪さん　あったね。だって年賀状とかさ、いろいろ描いたりすんじゃん。それがみんな漫画だったしね。

はまじ　ところでどうして「花輪」って名前にしたんだろう？　知ってる？

花輪さん　あぁ、それはね（笑）、中学のときに、『ガロ』（青林堂）っていう雑誌を買い始めたの。それに、花輪（和一）、丸尾（末広）って漫画家が描いていたのね。それを私がもこに見せてあげてね、それでつけたんだよね。今もその人たちは、描いているんじゃないかなぁ。とにかく清水だと、書店に注文しないと入ってこないマニアックな雑誌だったわけ。それをももことふたりで注文して、買いに行ってたの。

はまじ　じゃあ「さくらが漫画家になったのはいつ頃知ったか？」なんて、聞くまでもないか⁉

花輪さん　それはそうだね。『りぼん』で入賞する前から知ってたし。

はまじ　中学生頃とかは？　一緒に遊んだりしていたの？

花輪さん　結構遊んだね。ももこがうちに来たりとか。

はまじ　それだけ仲が良かったら、漫画家になりたいってのはずっと知ってたんだ。

花輪さん　そうね。なるんだろうな、って気はしていたね。本当に漫画が好きだったし。ももこはエッセイとかも書いているけど、それも予定通り。最初は漫画家で出ていて、でも最終的にはエッセイストになりたいって言ってたもの。

はまじ　そうなの⁉

花輪さん　そうだよ。だから確実に夢を実現させてるってわけよね。

はまじ　あれだけ人気が出ちゃうと、もう気軽に会えないし、同窓会にも来てくれそうにないよね。

花輪さん　前はよく、遊びにいったんだけどね。息子さんが生まれたときも、お祝いを持っていったり。ももこが漫画を描いていたのはずっと知っていたし、見たりしていたしね。で、三回目くらいの投稿でかなぁ？　入選したの。

はまじ　三回目で？　優秀だよなぁ。

花輪さん　そうね。佳作なんかに入賞して。

はまじ　そんとき、高校二年生くらい？

花輪さん　高校時代から投稿し始めて、入選したのは短大のときだと思う。

はまじ　入選しても、デビューできるってわけじゃないの？

花輪さん　そうねぇ。

はまじ　じゃあ、次の質問。「漫画に登場させるお知らせはあったか？」

花輪さん　とくにねぇ。だって知ってたわけだし。本名さえ出さなければってのもあったし、元々キャラクターが男性なわけだし。

はまじ　じゃあ、「キャラクターが自分に似てると思うか？」ってのも……。

花輪さん　そうねぇ。花輪クンは男性だし、全然違うキャラクターだしね。

はまじ　「自分のキャラクターについて友人知人の反応は？」ってのは？

花輪さん 自分がモデルだって言っていないから……。
はまじ 家族とかは？
花輪さん まぁねぇ。ただももこはそういう風に見ていたんだなぁってのはあるよね。
はまじ でも漫画の中の花輪んちみたいにさぁ……。
花輪さん あそこまで豪邸じゃないよ！
はまじ ロールスロイスでお迎えとかもないよねぇ？
花輪さん それはないよ！ 普通だもん、普通！ ただ家自体が、中学二年当時に建て替えたばっかりだったから。ももこは遊びにも来ていたからね。
はまじ さくらとデビューの頃まで付き合いがあったってことは、さくらをいちばん知っているってことだよね。
花輪さん そうかなぁ、たまちゃんとかじゃないのかな。
はまじ たまちゃんのことは知っているの？
花輪さん 知っているよ。そういえば去年だったか、たまちゃんが子どもを連れて清水に帰ってきているときに、偶然会った。
はまじ えっ⁉ ウソ！

花輪さん　偶然会ったのよ、街で、ホント偶然。
はまじ　すぐわかった？
花輪さん　うん、わかったよ。
はまじ　でもたまちゃんは渡米しちゃったから、高校くらいまでの付き合いでしょ？
花輪さん　そうか、そうか。
はまじ　登場人物のなかでは、いちばんじゃない？
花輪さん　そういう意味ではそうかも。家も近かったから、ももこのお母さんとも仲良かったしね。
はまじ　今じゃねぇ……。
花輪さん　すごいよねぇ！　当時からしたら、「えっ!?」だよねぇ。
はまじ　ブレイクしてからも、ご両親はあそこに住んでいたんだよね？
花輪さん　そうだよね。
はまじ　一時、観光名所みたいな状態にまでなっちゃってさ、サインとか求められたりしていたみたいじゃん。ところで、かよちゃんのことは知っているの？
花輪さん　うん、学校の行き帰りが一緒、とかはあったけど、とくに仲がいいとか一緒に遊んだとかはなかった。

はまじ　高校は一緒なの？

花輪さん　違うよ。でも同じ町内だから、行き帰りは一緒だったね。そういえば、ももこの家はお母さんがね、東京に行きたいと思っていたみたいなの。

はまじ　お母さんが？　比較的、あとになってからの話？

花輪さん　いやいや、ずっとあったんじゃない？

はまじ　漫画家にならなくても？

花輪さん　うん、元々あったんじゃない？　それでたまたまそういうことになったから、それじゃあ、行きたいわって、東京へ越したんじゃないかしら。

はまじ　お父さんは？

花輪さん　お父さんは、どうだろう。あんまりよく話したことないからねぇ。

はまじ　でも漫画で見る感じそのままだよね。

花輪さん　そうねぇ。私はお店にいるのをちらっと見たくらいだからなぁ。

はまじ　お姉さんは？　やっぱ仲良かったの？

花輪さん　まぁねぇ。うちに一緒に来たくらいだから。

はまじ　美人だったの？

花輪さん　うん。ももこに似ているよ。ももこもお母さんに似ているし、お姉さんも、お母さんに似てるよ。

はまじ　あと、ほかに思うところは？

花輪さん　そうだなぁ……名前は出してほしくないとお願いしたけど、正直、どこかでやっぱり「出してほしいな」ってのも、ちょっとだけあったね。

はまじ　あっ、やっぱあった？

花輪さん　ちょっとね（笑）。だから漫画のバックのどこかに、私の本名が書いてあったりすると、うれしいっていうかさ。

はまじ　漫画に？

花輪さん　そうそう。

はまじ　それ、カルトクイズになりそうだな。

花輪さん　そう、よく見ないとわからないよ（笑）。だから、登場人物としての名前では、はまじみたいに、本名を出すのはやめてって言ったの。

はまじ ぼくには連絡もなかったよ（笑）。

花輪さん そうなんだ～。そういえば私が東京にいた頃、家に遊びにいくと、ももこは原稿描いていたりしてね。

はまじ 漫画の？

花輪さん うん、そう。もうその頃は『ちびまる子ちゃん』を描いてたんじゃないかなぁ。確か結婚する前だったし、ブレイクする前だったと思う。

はまじ さくらはいつ結婚したの？

花輪さん 二十二、三歳頃だったと思う。

はまじ 東京でもけっこう遊んだ？

花輪さん それはもう！ よく飲んだし、遊んだねぇ（笑）。

はまじ ぼくも高校辞めたあと、東京に行ってたんだよ。

花輪さん そうなんだ！ はまじが高校を辞めた噂は、すごい勢いで回ったんだよ。でも東京に行っていたのは知らなかった。

はまじ アルタの裏口でのりお師匠が出てくるのを待って、弟子にしてくれって直訴したりして……。

花輪さん　あはははは！　でもなんで「のりお師匠」だったのよ⁉

はまじ　えーっ、だって好きだったからさぁ。あの芸風っていうか。でも当時は知らなかったんだよ、弟子入りして、師匠のためにいろいろ身の回りの世話も焼いて……っていう順序とかさぁ。

花輪さん　そうね、大変なのよね。

はまじ　今だと弟子をとる人もいないし、お笑いのための学校もあるし。才能さえあれば、学校を出てすぐにポンと売れちゃう人もいるしね。

花輪さん　そうね。はまじは今でも芸人になりたいの？

はまじ　今？　今はねぇ……。

花輪さん　ところで今は、いったい何やってるの？　ラジオのパーソナリティとかやってんの？

はまじ　ラジオ？　やっていたのはずっと前だし、すげぇ小さいFM局だよ。清水の中心部でしか入らない……。

花輪さん　ラジオ、聞いていなかったから申し訳ないんだけど、いろんなところから「はまじって人がラジオやっている」って聞いたから。

はまじ　ほかにも同じ中学出身の後輩でラジオに出ているヤツがいたりする。出たがりが多いんだよな！

花輪さん　（笑）。

はまじ　また別の質問。「さくらのことをどう思うか？」ってのは？

花輪さん　うーん。それはやっぱり、ももこは「楽しいことをやりたい」って気持ちが強い人でしょ？　それが原動力になるよね。

はまじ　とても「動く人」だよね。

花輪さん　そうね。でもさ、彼女自身のなかには、怠け者っぽいところもあるわけ。

はまじ　まる子みたいに？

花輪さん　そうそう（笑）。わりとグータラなの。でも自分が興味を持ったものへの情熱がすごいよね。それで記憶力がすごい。私なんかみんな忘れちゃっていることを、ほんとによーく覚えているよ。

はまじ　みんなそう言うね！　どこか関係ない場所にいても、自分の頭の中で構成練っているっていうもん。

花輪さん　そうねぇ。それも才能よ。だけどそれをさせているのが、興味を持ったことに対してのの情熱なんだろうね。

はまじ　では「さくらに言いたいことは？」。

花輪さん　楽しそうだね！　ってことかなぁ。なーんて、私も楽しいよ！　ってことかなぁ。

はまじ　楽しい？

花輪さん　そりゃあ、自分の好きなことやってるわけだから。

はまじ　仕事が？

花輪さん　そりゃあ、仕事は仕事でね（笑）。

はまじ　ほかに伝えたいこととかはないの？

花輪さん　そうだね。たまには清水で、お寿司でも食べたいよね？　ってね。

はまじ　やっぱ、さくらのおごりかなぁ？

花輪さん　それはワリカンでしょう（爆笑）！

はまじ　花輪さん、趣味は？

花輪さん 趣味かぁあ……。昔はね、バイクに乗ってたの。
はまじ バイク乗ってたの？ 四○○cc？
花輪さん そう、四○○cc。三十歳まで乗っていたなぁ。北海道や九州にも行ったなぁ。
はまじ 清水から？
花輪さん 東京にいたときは東京からね。
はまじ ちょっと男まさりなのかね？
花輪さん まぁねぇ、酒も男並みに飲むしね（笑）。うーん、趣味ねぇ……。
はまじ 音楽とかも聞かないの？
花輪さん とくにねぇ。昔からソウルが好きだったけど。
はまじ ソウル・ミュージック？
花輪さん アレサ・フランクリンとか……。
はまじ ぼくはあんまりそういうジャンル、知らないなぁ。今はあんまり聞かないの？
花輪さん 車の中ではいつも聞いているよ。
はまじ スポーツは？
花輪さん 運動嫌いだから。

はまじ　水泳やんなよ！

花輪さん　水着になるのが嫌だよ。

はまじ　では最後の質問。「ぼくが本の出版したのを知っていましたか？」……知っていたんだよね？

花輪さん　そうね。知っていたよ。

はまじ　で、どう思った？

花輪さん　はまじはおちゃらけたヤツだと思ってたけど、まぁ、いろんなことがあったんだろうなぁ、と。それぞれみんな、がんばってきたんだろうなぁってのはくみ取れたよね。

はまじ　さくらもそうだと思うけど、こういうことする人は、人生が一回きりだから後悔したくないと思っているんだよね。

花輪さん　まぁそうね。ほんとはみんなそうなんだけど。それに気づいて、どう楽しく生きていくかを考えるんだよね。

はまじ　いいこと言うねぇ！　いつ死ぬかわかんないしねぇ。

花輪さん　いつ気づくか、なんだよね。

はまじ　花輪さんは、いつそういうことを悟ったの？

花輪さん　うーん、中学・高校の頃かなぁ。親の教えもあったんだよね。家を継がないんなら、自分でなんとかやっていくようにならなくちゃだめだって。そういう意味もあって、高校卒業してすぐに東京に行ったわけ。だからわりと早い時期に自立したかも。

はまじ　しっかりしていたんだね。

花輪さん　そうかねぇ。でも『僕、はまじ』を読んだとき、安心したんだよ。

はまじ　本を出版できたのは、ほんとうにさくらのおかげだと思っているから。だって自分の本を出版したいって言っている人は、ゴマンといるわけだからさ。

花輪さん　そうだよねぇ。そういうチャンスは逃さなかったってわけだよねぇ。たまたま、ももこのおかげで、ってのはあるけれどもねぇ。

はまじ　でもさ、ほとんど「さくらももこ」あっての、なんだけれどもさ。

花輪さん　そうかもしれないけど、それはそれでねぇ。

はまじ　たまちゃんや花輪さんのような女子メンバーが出版した方がいいんじゃないの（笑）？

花輪さん　こういうことは、あんまりねぇ。

彼女との対話は驚きの連続で、かつとても楽しかった。生き方にも感心させられた。ぼくの知らなかった、さくらに関する話も聞くことができた。帰りがけに彼女の車を見せてもらった。大きな四輪駆動車だった。さすがだな、と思わざるを得なかった。

花輪さん、いまも元気にバリバリやっているかな？

おっちょこちょいの「かよちゃん」

漫画のなかでのかよちゃんは、かなりおっちょこちょいのキャラクターとして描かれている。漫画内でかよちゃんは犬のウンコを踏んだり、ヒヤシンスの鉢を割ったり、ノートに自分の名前を間違えて書いたりと、おっちょこちょいを連発する。さてほんとうの、今のかよちゃんは？　というと……。

さくらとかよちゃんは非常に親しくしていた、との噂を聞いていた。たまにかよちゃんに会うと、さくらが「はまじによろしく」と言っていたとも聞いていた。最近はさほど連絡を取り合っているわけではないようだが、『ちびまる子ちゃん』の漫画がスタートした頃には頻繁に連絡を取り合っていたらしい。前の著書『僕、はまじ』を制作したとき、どうしてもさくらに連絡を取らねばならなかったが、所在を知っていたのは、かつての友人の中でもかよちゃんだけだった。

かよちゃんをズバリひと言で表すと、やせた人だ。ぼくは彼女と、小学三年から五年まで同じクラスで過ごしたが、あまりの彼女の細さに「ニンジン」というあだ名をつけたほどだった。体も細いが、それより顔の細さも際立っているところから命名した。声が甲高かったのも特徴的だった。勉強に関しては平均的なレベルだった。某化粧品メーカーのチーフをしている。たいしたものだ。

かよちゃんと会う手はずを取る。朝の八時三十分、公園に犬の散歩で出かけたとき、という約束になった。当日、ぼくが公園に到着すると、すでにかよちゃんはそこで待っていてくれた。

はまじ　今日はなんとですね、かよちゃんに会ってます。おはようございます！

ふたり　わはははは！（爆笑）

はまじ　……やっぱり「ニンジン」です。
かよちゃん　いやー、ほんとにあんた、おかしいよね！　見てくれがおかしいもん！　まったくおやじになったよねぇ～。太ったし。
はまじ　これでもやせたんだよ！
かよちゃん　えーっ！
はまじ　この前、たまちゃんちに行ったよ。たまちゃんち、知ってる？
かよちゃん　そりゃ知ってるよ。たまちゃんにはお兄さんとお姉さんがいるけど、年が離れているんだよね。
はまじ　たまちゃんだけアメリカに行ったの？
かよちゃん　そうだよ。ご主人がアメリカ人だからねぇ。
はまじ　花輪のモデルになった子が、たまちゃんに偶然会ったって言ってた。
かよちゃん　あの子はさ、田舎の小学生にしてはイケてる感じがしてたよね。
はまじ　「ヘイ、ベイビー」？
かよちゃん　そう、「ヘイ、ベイビー」。
はまじ　あの子が花輪クンのモデルだっていつ知った？

かよちゃん　今日、さっきはまじに聞いて初めて知った。はまじと再会した唯一の成果がこの話でした。これだけ聞いて、私は帰ろうと思いました（笑）。

はまじ　そうか、帰るのか（笑）。

かよちゃん　じゃあ次、次！

はまじ　ではさっそく。「さくらが漫画家になったのはいつ知ったのか？」

かよちゃん　えっとねぇ……。短大の頃っていうか、東京に就職した頃かなぁ。まぁももこは、小学校のときから漫画は描いていたからねぇ。

はまじ　俺も見たことあるよ。ノートの端に描いてたりして。それで職業が漫画家になったのは正確にはいつ頃なのかな？

かよちゃん　覚えてないよ〜。うーん、一回東京のアパートに遊び行ったんよー。

はまじ　花輪のモデルと探したアパート？

かよちゃん　えっ、あのアパートって、そうだったんだ？

はまじ　花輪のモデルが先に東京へ行ってたんで、彼女を頼ってってって言ってたよ。

かよちゃん　じゃあやっぱ二十歳くらいかなぁ。

はまじ　本当？

かよちゃん　うーん、だってもう二十年近くも前のことだよ！　よく覚えていないから、次。「漫画のモデルとして掲載することにお知らせはあったか？」って？　もちろんあったよ。っていうか、つながりがあったから知っていた。

はまじ　でも女子同士だし、もし連絡がなくても、もう暗黙の了解みたいなもんなのかな？

かよちゃん　許可っていうか、「描いたよ」っていうさぁ……。

はまじ　「キャラクターを見て自分に似ていると思ったか」。あれ、似てないなぁ〜。って俺が答えてどうする（笑）。

かよちゃん　私もとても申し訳ないと思います。あんなにお顔を丸く描いてくださり……。

はまじ　とてもニンジンには見えませんって？

かよちゃん　見えません（笑）。

はまじ　じゃあ、キャラクターじゃなくて実物を膨らませればいいのに（笑）。「自分のキャラクターを見た友人・知人はなんと言ったか？」。

かよちゃん　全然似ていないと言われました。こんなに丸くないと言いました。

はまじ　誰が？

かよちゃん　全員。みんな全員。会社の人も。かわいすぎて、似てないと。
はまじ　もうちょっと不細工に描いてもらいたかった？
かよちゃん　私は満足しているわよ！　でも周りの人が満足していない（笑）。ももこちゃん優しいからかわいく描いてくれたんだね。
はまじ　確かに女子にはそうだよな。男子はひどいな。
かよちゃん　はまじもそうだし、ブー太郎も……。でもはまじ、なんでそんなに明るくなった？　あの小学校三、四年の自閉症を経て……。
はまじ　自閉症じゃないよ！　登校拒否！
かよちゃん　急に明るくなったよねぇ？
はまじ　ところで、さくらのエッセイは読んだ？
かよちゃん　新刊は読んでないけど、前のはたくさん買って持ってるよ。
はまじ　『あのころ』とか『もものかんづめ』（ともに集英社）とか……。
かよちゃん　『ももこのいきもの図鑑』（集英社）とか。改めて読み直してみるわ。
はまじ　では「さくらのことをどう思うか？」。

かよちゃん　ももこちゃんのことは大好きだったし、すっごく楽しかったよ。子どもの頃は四つ葉のクローバーを探しにいったりとか、ホントに探検家だったもん、私たち。

はまじ　小学校三、四年の頃？　ぼくが自閉症の頃？

かよちゃん　うん。あなたは別の生き物だったからね（笑）。なんだかもう、気の毒な感じで……。

はまじ　ブハハハハハハ！　まぁ俺のことはあとで聞くから、さくらのことを、ね。

かよちゃん　ももこちゃんとはほんとに楽しかったよ。一緒に絵を描いたりさ。

はまじ　何の絵？

かよちゃん　えっとー。『ドカベン』が好きだったから、里中君の絵とか。

はまじ　『ドカベン』好きだったの？

かよちゃん　そうよ、ももこは。あのうちには「お姉さん用」と「ももこ用」の『ドカベン』のコミックス（秋田書店）がずらーっとあったなぁ。お姉さんはお金があるから新品で買ったし、ももこは新刊を買うほどおこづかいがなかったから、百円で古本を買ってさー。

はまじ　で、「さくらに言いたいこと」を簡潔にまとめると？

かよちゃん　ももこは子どもの頃から感性がさぁ……大人の目で見ていたよね。
はまじ　子どもの頃から？
かよちゃん　うーん、そうだねぇ。ももこと話をしたいねぇ。会いたいよねぇ。あんたこんなことやってるんなら、同窓会とかやってよ。クラス会。三年四組の。
はまじ　俺が⁉　俺が開く？
かよちゃん　暇なんだし。
はまじ　わはははははは！
かよちゃん　悪いけど……いちばん暇なのはホントなんだし。
はまじ　戸川先生がみんなに一杯ずつ酒飲ましたの、覚えている？
かよちゃん　何それ？　いつ？
はまじ　リレー大会のとき。ちっこいキャップに一杯ずつさぁ。
かよちゃん　私たちにも？　知らないよ～。あんた、よくそんなこと覚えているよね。
はまじ　うん。男子は全員サッカー部入れとかさぁ。俺はサッカーなんて好きじゃなかったのに。

かよちゃん　ビンタもすごかった。

はまじ　かよちゃんも？　ビンタやられた？

かよちゃん　習字の時間にふざけていて。

はまじ　さくらと？

かよちゃん　ううん、男子とだと思う。全員前に立たされて……。

はまじ　バーン、バーンって。よく覚えているよ。今やったらどうだろう？

かよちゃん　今もやった方がいいよ。しっかりする。かな？

はまじ　かよちゃん、改めて聞くけど、現在は何を？

かよちゃん　某化粧メーカーの美容チーフ。

はまじ　ぼくが配達をしていた頃って、まだぺーぺーだったよね。あの頃いた人たちは？

かよちゃん　みんなもういないよ。

はまじ　みんな辞めたんだ。結婚とか？

かよちゃん　そうだねぇ。それよりあんた、結婚しないの？

はまじ　自分は？

かよちゃん いいのよ、私のことは！ していないよ！ あなたはいいの？

はまじ 俺はいいよ。

かよちゃん どうしてよ？

はまじ （ごまかす）いろいろ、大変ですか？ 部下とかたくさんいるだろうし。数字とか？ 大変？

かよちゃん それは永遠のテーマですからねぇ。販売会社ですから。

はまじ 美容部員も大変なんだよな。オシャレで華やかに見えるけど。

かよちゃん そうだね。派手に見えるよね。でもすっごい働くよ。普通のOLさんより拘束時間だって長いと思うし。

はまじ 長いよね、もう。

かよちゃん うん。十年。

はまじ ふーん。それで趣味は？

かよちゃん 昼寝！ もう寝ることが好き！

はまじ 音楽はどんなの聞くの？

かよちゃん 音楽はソウルとブラックコンテンポラリー。あと、リバー・フェニックスが永遠に好きだね。

はまじ　スポーツはやらないの？

かよちゃん　やらない。ヨガだけ。

はまじ　ヨガ？

かよちゃん　特技、三点倒立って書いといてくれる？

はまじ　あの頭つけて逆立ちするやつ？

かよちゃん　そうそう。できるようになったですよ。

はまじ　さくらもヨガだかなんだかやっていたよなぁ？

かよちゃん　あの子は気功に行っていたよ、むかーし。

はまじ　ヨガは健康のためにやってるの？

かよちゃん　ヨガは健康のためじゃなくて、なんかさー、疲れるじゃん、毎日。

はまじ　あー。リラックス？

かよちゃん　そうだね。

はまじ　ヨガってどういうことすんの？

かよちゃん　いろんなこと。腹式呼吸。あなたも腹式呼吸したほうがいいよ。

はまじ　ぼくはブラスバンド部だったとき、腹式呼吸マスターしたもん。

かよちゃん　あぁ～。よかったよね、自閉症からブラスバンド部入るようになったんだもん。

はまじ　ぶはははは！

はまじ　では最後の質問。「ぼくが本を出したことを知っていますか？」。

かよちゃん　はい、知っています。

はまじ　買いましたか？

かよちゃん　買っていません。

はまじ　立ち読みはしましたか？

かよちゃん　していません。

はまじ　立ち読みもしていないの？

かよちゃん　していないよ。

はまじ　で、「どう思いましたか？」。

かよちゃん　馬鹿じゃん！　って思いました（笑）。

はまじ　えー、なんでだよー。じゃあ、さくらだったらどうなわけ？

かよちゃん　ももこの場合は実績があったからいいけど、あんた……何を血迷って。
はまじ　でもあなたがさくらの連絡先を教えてくれたから、本を出せたんだよ。
かよちゃん　そうだよね！　私には感謝してもらいたいよね。
はまじ　感謝しています（笑）。
かよちゃん　でもね、浜崎君のようなおかしな同級生がいることは、私にとって心の安定になります。
はまじ　同級生でいちばんおかしい？
かよちゃん　そりゃそうだ。
はまじ　じゃあぼくの本は、これから読んでくださいね。自閉症の話も盛りだくさんだし。
かよちゃん　そうですね。
はまじ　将来の夢は？
かよちゃん　あぁ……ヨガ教室だね。あなたの夢は？
はまじ　そうですねぇ。まともに働くことですね。
かよちゃん　働く努力もしていないじゃん！
はまじ　しているよ！　いろいろ裏で……。

かよちゃん　ドライバーとか？

はまじ　ハローワークに行ったり、履歴書出したりさ。で、ヨガ教室のきっかけはなんなの？

かよちゃん　いやー。あんまり私は深く感銘を受けるタイプではないのでぇ、なんか面白いなぁと。

はまじ　じゃあかよちゃんがヨガ教室を開いた暁《あかつき》にはぼくも……。

かよちゃん　そうですね。あなたには精神統一が必要ですね。

はまじ　そうだね、ぼくには精神統一が必要だ。

かよちゃん　なんていったって、自閉症ですから（笑）。

会うのは久しぶりだったが、雰囲気は変わっていなかった。かよちゃんがリードを握っていたにもかかわらず、一時的に犬が逃げてしまい、それをふたりで追いかけ回す一幕もあった。今は仕事で大役を任されているが、将来はヨガの教室を開くという目標も持っている。ぜひがんばってほしいと思う。

かよちゃん、あのときはありがとう。

心やさしい「ブー太郎」

会話の最後に「ブー」をつけるのが口癖のクラスメート。漫画のなかではちょっとマヌケなキャラクターとして描かれているが、教室に通ったり、妹をかわいがったりと、心温まる一面も見せてくれている。

さすがに実際は「ブー」とは言っていなかったが、さくらから見ると、言いそうな雰囲気だったんだろうな。

ぼくが思うブー太郎のモデルは、当時アカベーというあだ名で呼ばれていた野球好きの少年で、ぼくも一緒に野球をしたものだ。以前、ブー太郎は清水を離れて、浜松に越したと聞いていた。そこで実家に電話をしてみる。出たのはお母さんだった。

昔はツッコミの多いお母さんととらえていたが、その印象はこの電話でも変わらなかった。ぼくが名のるとすぐにわかってくれて、早速『僕、はまじ』の本の話になった。ちゃんと読んでくれていたようだ。よく仕上がっているのに、ちょっと自分自身についてネガティブなところまで書きすぎじゃないのか、なんて意見までもらった。

アカベーの近況についてたずねると、静岡市で堅い仕事についているとのことだった。事情を伝え、連絡先を聞き出した。

何度か電話を入れてみるが、まったくつかまらない。ぼくは、忙しいのだろうと判断して、ひとまず遠慮することにした。またいずれ、会う手はずを取ろうと思っている。

花屋の「とくちゃん」

やたらと印象深いキャラクターだ。漫画内のとくちゃんは花屋の息子。教室に飾る花を持ってくる。そして人の心を読んで行動する。繊細かつやさしい落ち着いた少年だ。さて、そんなピュアなキャラクター、とくちゃんの実際の姿は……？

漫画に出てくるキャラクターで花屋のとくちゃんがいるが、モデルになった実在のとくちゃんも、そのまんま花屋の息子、徳三だ。

とくちゃんの家は『ちびまる子ちゃん』登場人物が密集している重要エリアにあり、さくらの実家とも百メートルほどしか離れていない。

とくちゃんはちょっとぽっちゃり体型で、見るからに人当たりが良く、好感の持てるタイプだ。当時、クラスでも男女問わずに人気がある人物だった。

大のゲームセンター好きとしても知られていた。小学校五、六年の頃にぼくが見かけたときもメダルゲームに熱中していて、たくさんのメダルを抱えていた。学校で見かけるときとは違った鋭い顔が印象的だったのを覚えている。

そんなとくちゃんについてぼくが最も思い出深いのは中学生時代だ。三年間、部活動をともにしたからだ。また『ちびまる子ちゃん』で、なくなったせっけんの責任をとくちゃんがかぶる話があったが、あれはこの時代に本当に起きたことだ。

少し前にとくちゃんに会ったが、当たり障《さわ》りのない会話だけで終わってしまっていた。もちろん漫画への登場なんて話にはまったく触れられなかった。そこで改めて電話をして、会話の機会を設けることにした。店を閉めた直後くらいの七時過ぎに、店を訪ねる約束になった。

はまじ　とくちゃん、今日は忙しいところをありがとう。さてイキナリだけど、とくちゃん、

「さくらが漫画家になったのはいつ頃知った？」

とくちゃん　いつ頃知ったかぁ？

はまじ　アニメが始まる前、『ちびまる子ちゃん』は『りぼん』で連載していたんだけど。

とくちゃん　うーん……。

はまじ　さくらとはぼくもとくちゃんも高校は違うけど、中学の頃とか、ほら、ノートの隅に漫画とか描いていたじゃん。

とくちゃん　それ知らないわ。

はまじ　じゃあ、漫画家になったって知ったのは遅いほうなのかなぁ？

とくちゃん　遅いほうだと思うなぁ。

はまじ　何歳くらい？

とくちゃん　うーん、テレビ見ないしなぁ。二十六歳くらいかなぁ。

はまじ　知ったきっかけはなんだったか覚えている？

とくちゃん　たぶん、近所の人に聞いたんだと思う。

はまじ　では、次。「漫画に載せるのに、許可はあったか？」。

とくちゃん　あった。

はまじ　なんて言われたの？

とくちゃん　「今度、花屋のとくちゃんのことを漫画に描いてもいいか？」って。

はまじ　えっ！　本人から？

とくちゃん　ううん、さくらのお母さんから。

はまじ　ふーん。

とくちゃん　なんかの拍子に、さくらのお母さんから言われたんだよね。

はまじ　とくちゃんのお母さんを通して？

とくちゃん　ううん、さくらのお母さんから、俺に直接。だから「わかりましたー」って言ったんだ。

はまじ　ところで、今日テレビで『ちびまる子ちゃん』見た？

とくちゃん　見ていないよ。仕事してたし。

はまじ　今日はすごかったぜ。せっけんを盗んだ人を、とくぞうがかばうストーリーだった。

とくちゃん　ははははは（笑）！

はまじ　実際とは話、違うんだよな、あれ！

とくちゃん　もう忘れたよ……。
はまじ　せっけんの話、覚えていないの？
とくちゃん　ああ、マジで。
はまじ　花輪のモデルの子に昨日会ったんだけど、彼女も昔の話は知らないって言うんだよな。昔のこと、覚えていたら本が書けるのに。さくらも記憶力がよくて、よーく覚えているから本が書けるんだよ。
とくちゃん　ふーん。

はまじ　じゃあさ、「絵を見て自分に似ていると思ったか？」
とくちゃん　思わない！
はまじ　そうだなぁ。今日、たまたまテレビで見たけど、似てねぇなぁ。とくちゃん自身はどのへんが似ていないと思う？
とくちゃん　漫画では、やせてるねぇ。
はまじ　そうだなぁ。でも顔は似ているんじゃない？
とくちゃん　うーむ、似ていないなぁ。

はまじ　あの頃のさくらって、アニメのまる子に似ていると思う？

とくちゃん　うーん、あんま似てないなぁ。

はまじ　はまじはどう？　似ていないよなぁ。

とくちゃん　……似ているほうじゃない？

はまじ　そうかぁ？　似ているかぁ？　じゃあ野口さんは？

とくちゃん　野口さんのモデルって誰かわからないよ。

はまじ　のろって知らない？　同じクラスにならなかった？

とくちゃん　うーん、わからないなぁ。

はまじ　みんなけっこう、当時のことはもうわからないって言うよなぁ。なんでぼく、こんなに覚えているのかなぁ。ぼくがおかしいのかなぁ？　ところでおととい、ブー太郎のモデルの家に電話をしたんだ。小三以来話してないのに、あそこのお母さん、ぼくのことすぐわかったよ。「あなた、本出したでしょ！」って。いろいろ突っ込まれちゃったよ！

とくちゃん　へぇ～。ブー太郎は、家の仕事を継いだんじゃないの？

はまじ　違うって。別の仕事をしているって、お母さんが言ってたよ。

とくちゃん　へぇ～。

はまじ　友人・知人に「とくちゃんは漫画と似てるね」って言われる？

とくちゃん　ないな。

はまじ　似てネェよなぁ。今日、ぼくもテレビ見て思ったもん。お母さんはとくちゃんが漫画のキャラクターになっていること、知っているの？

とくちゃん　どうかなぁ。

はまじ　おふくろさんは、さくらが漫画家になったことは知っているの？

とくちゃん　あぁ、知っているよ。だってさくらは有名だし。

はまじ　じゃあ、周りの反応は「似ていない」ってことで。でもさくらは、似ていると思って描いているんだろうなぁ。全然違うじゃんなぁ。とくちゃんをヨイショしているんじゃないか？　とくぞう、昔のほうが太っていたよな。

とくちゃん　子どもの頃は太っていた。だから減量した。

はまじ　どうやって？

とくちゃん　腹筋、腕立て、スクワット！

はまじ　周囲の反応について、ほかにはある？

とくちゃん　「とくちゃん、テレビ見たよ～」とかね（笑）。

はまじ　友達とかが？

とくちゃん　ううん、同業者とか。

はまじ　えっ？　同業者って花屋さんが？

とくちゃん　そうそう。

はまじ　なんで知ってるの？　とくちゃんがとくぞうだって。

とくちゃん　なんで知ったんだろうね。

はまじ　風の噂か？　そうかぁ、とくちゃんも、もう有名人なんだ！　だったらもうさぁ、表で舞台に出ちゃったほうがいいよ！

とくちゃん　何？　表舞台って？　ワハハハハハ！

はまじ　そうかぁ。清水の花屋さんの間では……有名なんだ。面白い。

とくちゃん　ごく一部だけだよ（笑）。

はまじ　質問。「さくらのことをどう思う？」

とくちゃん　「すげぇなぁ」って思う。
はまじ　すごいよね。もう、ぼくらが会えない人物だよね。
とくちゃん　そうだな。
はまじ　デビューしてから、ここに来たことある？
とくちゃん　来たことないよ。
はまじ　聞いた話によると、売れてから、スタッフ一同で清水に来たことがあったらしいよ。
とくちゃん　へぇぇ。そうなの？
はまじ　とくちゃんちにも寄ってくれればいいのにね。
とくちゃん　そうだねぇ。でも忙しくてそれどころじゃないんじゃないのか？

はまじ　では「さくらに言いたいこと」。
とくちゃん　えーっ、では。「これからも面白い漫画を……」
はまじ　だーめだよ！　そんな公式的なの！　俺のはウラ本なんだからさぁ（笑）。
とくちゃん　ワハハハハハ！
はまじ　「これからも……」ってのは決まりきったセリフじゃない？

とくちゃん　そんなことないでしょう（笑）。

はまじ　これからは、入江商店街のほうにも来てくださいっていうのはどう？　人が集まるようにって。

とくちゃん　入江商店街にぃ？

はまじ　そうだ、とくぞう、『ちびまる子ちゃん』グッズ売れば？

とくちゃん　入江商店街でぇ？　ハハハハハ！

はまじ　「みつや」さんってあるじゃん。駄菓子屋さん。もう閉めちゃったけど。

とくちゃん　「みつや」さん？

はまじ　漫画に出てくるんだよ。それであそこ、有名になっちゃって、観光バスが停まっていたってよ。

とくちゃん　へぇえ。

はまじ　で、とくちゃん、さくらに言いたいことは？

とくちゃん　これからも、がんばってください！

はまじ　まぁ、普通だな！　じゃあ「現在は何をしているのか？」……って杉浦生花店の経営者なわけだけどぉ……。

とくちゃん　現場だけ、だよ。
はまじ　今の趣味は？
とくちゃん　吹奏楽！
はまじ　えっ！　まだやってんの？
とくちゃん　そうだよ。続けてる。

はまじ　では最後に。「ぼくが本を出版したことを知っていましたか？」。
とくちゃん　はい。知っていました。
はまじ　買いましたか？
とくちゃん　ワハハハハ！　残念ながら。
はまじ　じゃあ立ち読み？
とくちゃん　はい、そうです。
はまじ　まぁ、身内だとそんなもんだよね。で、「どう思いましたか？」。
とくちゃん　すげぇなぁ、と思いました。
はまじ　長さで表すと、どんくらいスゴイと思った？

とくちゃん　うーん、十五センチくらいかなぁ？

はまじ　十五センチぃ〜？

とくちゃん　はい（笑）。

ぼくとの会話中でさえも、とくちゃんは翌日の仕事に向けての準備を続けていた。忙しいのに、ぼくの質問にいろいろと答えてくれて、本当にありがたい。話している間に、彼の子供ふたりがやってきた。夢はこの子たちの子ども、つまり孫を見ることだそうだ。とくちゃんの「一家の大黒柱」ぶりをかいま見た。

いずれぼくが故・はまじになる日が来たら、とくちゃんの生け花店の花を配達してくれ、なんて約束まで取りつけてきてしまった。

でも、まだまだぼくは元気で死にそうもない。

ズバリ「丸尾君」

まる子のクラスの学級委員で口癖は「ズバリ◯◯でしょう！」。ちょっとエキセントリックで、漫画のなかでは濃〜いキャラクターとして活躍の場面も多い。三年四組の学級委員の座を死守するために、日夜クラスのためを思って行動するが、どれも裏目に出ることが多い。さくらは「登場人物について」（7巻P126参照）で、丸尾君は架空の人物と言ってるが……。

ぼくが「ズバリ丸尾君のモデルでしょう」と考える人物は、見るからに秀才風で、ぼくとは小学五、六年時のみ同じクラスだった。漫画と同様、黒ぶちのメガネをかけていたが、髪型はおぼっちゃま風ではなく短髪だった。「ズバリ」とは言わず、同じトーンを保ちながらしゃべり続ける人だった。

勉強はできたが、スポーツはあまり得意ではなく、とくに球技が苦手だったようだ。にもかかわらず、昼休みのサッカーでは名ディフェンダーをつとめていた。

彼にはもうひとつ重大な弱点があった。野菜だ。給食に野菜が出てくると放課後まで残されて食べていた。給食時間内に食べきれず、昼休み中もひとりでそれを食べさせられ、それでも終わらず五時間目も机のうえの野菜とにらめっこ。さらに六時間目の授業中にもちびちびとそれをつまみ続ける。休み時間は、そんな彼をみんながからかったものだ。小学一年時にかぼちゃの煮物が食べられず、同じように放課後まで残されたことがあるのにもかかわらず、ぼくもからかった。それでも彼は無視して食べ続ける。下校時間になっても彼の食事は続き、みんなあきれて帰っていく。

学校が閉まる時間になると教室に担任がやってきて、野菜をカップに詰めさせられ、最終的にそれを持ち帰ることになる。家に着いたら、家族に見つからないよう、その野菜を捨てていたのではないかと思う。

ぼくは二年間だけ彼と同じクラスだったが、その間、野菜が出るたびに放課後まで残って食事を続けていた。ぼくが知っている限りでそうなのだから、六年間そんな作業を続けていたのだろう。

そんな彼も、勉強はトップクラス。漫画同様に学級委員も任せられていた。とはいえ、「次回の選挙には、ぜひ丸尾に一票を」などという運動はしていなかったが。

ぼくが丸尾のモデルと見る人物が、地元の国立大学を卒業して大手コンピュータ会社に勤めているのは、以前誰からか聞いて知っていた。忙しいだろうとは思いながら、話を聞くべく電話をしてみたが、まったくつかまらない。家族によれば、帰宅も遅いとのこと。休日を狙うしかなさそうだ。ところがある日、とくちゃんに本のインタビューのため話を聞きにいったときに、偶然丸尾が通りかかった。なんとタイミングのよいことか。すかさずインタビューの約束を取りつけた。とくちゃんとの会談を終えて、続けざまに丸尾邸に向かった。

丸尾君は現在プログラマーの仕事をやっている。

はまじ こんばんは。今日は丸尾君のモデルにインタビューです。

丸尾君 こんばんは。

はまじ この間の日曜日も仕事だったんだって？ 忙しいんだね。

丸尾君 たまたまだよ。

はまじ そうか。さて、ぼくにとって印象深いのは、丸尾君の野菜が嫌いってヤツ。

丸尾君 あぁ〜。でも残した給食を持って帰ったことはあまりないよ。

はまじ そうなの？

丸尾君 確かに放課後まではいた。最後のほうになると、小さくちぎって水で流し込んで飲み込んでいたよ。

はまじ まじ？ でも学校はちゃんと来ていたよね。

丸尾君 そうだよ。一度も休まなかった。

はまじ　六年間？

丸尾君　そうだよ。中学も休まなかった。

はまじ　えーっ！　給食に野菜が出ても？　皆勤賞もらった？

丸尾君　なんかそんな気がするけど、覚えていない。

はまじ　遅刻もしないしね。

丸尾君　そうそう、野菜は今も好きじゃないけど、だいぶ食べられるようになった。

はまじ　そう！　まだ嫌いな野菜は？

丸尾君　タマネギ（笑）。今でもタマネギの入った料理は好きじゃない。

はまじ　わかる気がするね。ネギは？

丸尾君　とくに嫌いじゃないけど、焼き鳥のネギマはちょっとネギすぎて駄目だな。

はまじ　昨日花輪さんに会ったんだけど、もう、さくらと接点ありすぎ。

丸尾君　そうなんだ。

はまじ　西高で一緒ってのは知っていたけど、あんなに仲がいいとは思わなかった。

丸尾君　そう。

はまじ　花輪さんは高校卒業後、東京の専門学校に入ったんだ。さくらはこっちで短大を卒業して、東京で就職したのね。そのとき花輪さんが、アパートを探すのを手伝ったりしたんだって。だからさくらが売れる前の段階を知っているんだよ。

丸尾君　へぇ。

はまじ　すごく盛り上がったよ！　でも花輪さんに「何やってんの？」って言われちゃったよ（笑）。

丸尾君　急に取材にくるなんて、どうしたのかと思ったよ。本なんてすごいね。

はまじ　いや、丸尾君が会社でいろいろコンピュータいじったり、企画してるのと同じだよ。

丸尾君　……。

はまじ　丸尾君は、さくらが漫画家になったのをいつ頃知ったの？

丸尾君　一九九〇年。

はまじ　アニメが始まった頃？

丸尾君　たぶん。ちょうど就職した頃だよ。親に聞いたんだ。「『ちびまる子ちゃん』って漫画があるのを知っている？　アレ、あそこんちの娘さんが描いたんだって」って。

はまじ　「同級生でしょ？」って？

丸尾君　そう。その前に『ちびまる子ちゃん』って漫画があることは知っていて。

はまじ　『りぼん』に連載していたから？

丸尾君　雑誌はわからなかったけど……。漫画も読んでいなかったし。

はまじ　それがあのさくらだってことは？

丸尾君　そこまでは知らなかった。ただ『ちびまる子ちゃん』って漫画があるってことだけをどこかで聞いて知っていたんだよ。

はまじ　あぁ、そういうこと！　清水市が舞台なのは知っていた？

丸尾君　それも知らなかった。でも俺も、小学校のときの同級生のことが一番記憶にあるなぁ。

はまじ　何年生くらいのとき？

丸尾君　とくに五、六年。インパクト強かったもん、あのクラス。

はまじ　じゃ、質問ね。「漫画のキャラクターとして掲載することで、連絡はあったか？」。

丸尾君　ないよねぇ。それに俺が本当に丸尾のモデルかどうか、わからないし。

はまじ　まぁね～。でもぼくにも連絡はなかったんだよなぁ。とくぞうにはあったのに。

丸尾君　とくちゃんは、名前を出したからじゃないの？　「花屋のとくちゃん」って具体的に描いてるし。俺も本名だったりしたら、連絡が来たのかなぁと思うけど。

はまじ　漫画のキャラクターは、自分に似ていると思う？

丸尾君　いやぁ……。共通点はメガネをかけていることだけだからなぁ。

はまじ　髪型は明らかに違うしねぇ。「ズバリ」も言わないしね。「学級委員はぜひ丸尾に」なんてこともしていないよなぁ。

丸尾君　そうだねぇ（笑）。

はまじ　でも立候補はしていたよね？　ずっと学級委員だったよね？

丸尾君　えっとね、当時学級委員は続けてできないきまりがあったんだ。学期ごとに別の人がやるっていう……。

はまじ　そうだったっけ？

はまじ　ところで丸尾君は、いつさくらと同じクラスだったんだっけ？

丸尾君　幼稚園も一緒だったよ。

はまじ　どこの幼稚園？

丸尾君　さくら幼稚園。そう、それでさくらは桃組だったんだ。だから「さくらももこ」ってペンネームだって聞いていたし、俺もずっとそう思ってた。

はまじ　えっ！　そうなの？　これはスクープです！　昨日も花輪さんと話していて裏話を聞けて面白かったけど、今のもスゴイな！（注・さくらさんが通っていたのは、実は別の幼稚園。このとき、丸尾君は勘違いをしていたことが、後日発覚しました。ちなみにさくらさんのペンネームについて、生まれた季節の花の名前を組み合わせた、と『そういうふうにできている』（新潮社）のなかで語っています。）

はまじ　丸尾君って前はこんなにしゃべらなかったよね。しゃべり方は変わらないけど、ひとつのことをじっくり考えてる感じのタイプだったし。そういう意味では、さくらもそんな感じだったよね。

丸尾君　内向的だったかな。

はまじ　なんかさくらは、丸尾君と性格似てる感じがするよ。じーっと何か考えているってのが。今は違うかもしれないけど。

丸尾君　それは客観的な感想だから、自分じゃわからないけどね（笑）。でも中学以来、会っていないからなぁ。

はまじ　そうだなぁ。
丸尾君　同窓会とかにも来ないしね。
はまじ　全然来ないよ。でも来たら来たで、大騒ぎになったんじゃゃん？
丸尾君　ケンタ（元人気Jリーガー長谷川健太・静岡県立清水東高校出身、現役時代はフォワードとして活躍）も来なかった。
はまじ　ケンタは中学が違うから。小学校の五、六年が一緒なんだよ。
丸尾君　俺は高校で、また一緒になったんだ。小学校の頃のほうが仲良かったかなぁ。
はまじ　じゃあ、国立競技場に応援に行った？
丸尾君　行ったよ、行った！
はまじ　最近は？
丸尾君　最近は知らないんだけどね……。
はまじ　高校の同窓会って行っている？
丸尾君　いやぁ、一度も行っていないんだよ。
はまじ　そうなの？　行けばいいのに。

はまじ　で、絵はメガネ以外、似てないと。周りには似ているとか言われる？

丸尾君　似ていないのに、なぜか会社の人とかに言われるんだよね。

はまじ　自分で「俺が『ちびまる子ちゃん』の丸尾だ！」って言ったんじゃないの？

丸尾君　それはないよ。でも役回り的に、これは俺だ、と（笑）。

はまじ　ぼくが言ったから？　ぼくの本（『僕、はまじ』）で？

丸尾君　いや、それよりずっと前。はまじの本が出たのは二〇〇二年でしょ？　それより前なんだよ。

はまじ　ぼくだけじゃなくて、いろいろほかのヤツにも言われているのか。ぼくはかれこれ十年前くらいから言っているよ。

丸尾君　その頃にはもう言われていたんだよ。アニメ版がブレイクした頃には、うちの親が「あんたがこの丸尾君のモデルだって言われたよ」とか、ぼく自身がどこかで誰かに言われた、とかあったんだよ。その頃にはすでに清水では、そういう噂が流れていたんだね。

はまじ　今じゃ入江商店街の案内板には「ちびまる子ちゃんの生家」なんて表示が出ているし。すでにさくらの実家は、シャッターが閉まっているけど。

丸尾君　そうなんだ！　全然知らなかった。

はまじ　地元住民のほうが、そういうことって案外知らないよな。

丸尾君　結局は同級生よりも、外側のほうがそういうことをよく知っているんだよ。会社でもよく聞かれるんだよね。昨日のテレビに出ていたなんとかちゃんって実在するの？　とか。でもテレビも漫画も見ていなかったりするし、俺みたいに漫画に出ているキャラクターと実在の人物の名前が違うわけだから、わからなくって困るんだよ。

はまじ　同級生のほうが、漫画もエッセイも読まないんじゃないのかね。なのに、「近くにいたんでしょ？」ってアレコレ聞かれるんだよね。

丸尾君　はまじはもう有名人になっちゃったから（笑）。

はまじ　ぼくに聞くのなら、『僕、はまじ』に書いたから、本買ってくれって思うよ。

丸尾君　まぁ話を戻すと、似ている、似ていないはあまり言われないからねぇ。それよりも「このモデルは君なのか？」っていう話が多いから……。漫画読んでも、実際自分なのかどうかは、ちょっとわからない。周りの人は、漫画のキャラクターとの共通点を探しては、本人かどうかばかりに興味がいっているよね。似ている、似ていないとは言われたことはない。

はまじ　「さくらについてどう思うか？」については？

丸尾君　すごいなぁ、しか言いようがないよね。小さい頃のイメージしかないし、その後は接点がないわけじゃん。もう有名人になったわけだから……。間があいちゃっているから、どう思うって言われてもねぇ。

はまじ　ぼくらは接点が少ないものね。

丸尾君　ケンタの場合は、小学校からずっと一緒にサッカーをやっていたから、サッカー選手になったって聞いてもイメージがつながるんだ。でもさくらの場合は、ぼくらがその過程を知らないから。小学校のときの同級生が、突如漫画家になって現れたって感じだからね。だから困っちゃうな。

はまじ　「さくらに言いたいことは?」

丸尾君　とくにないよねぇ。

はまじ　もうビッグすぎて、「がんばって」もないしなぁ。

丸尾君　がんばってるよなぁ、とは思うけど、もう全然違う世界の人になっちゃったから、どう思うかもよくわからないなぁ。今さら言うこともないなぁ。

はまじ　丸尾君にとってはどういう立場の人なの?

丸尾君　全然ポジションが違う人?　住む世界が違う人?　うーん。遠すぎてわからないなあ。

はまじ　じゃあ、最後の質問ね。「ぼくが本を出版したことを知っていますか？」。

丸尾君　もちろん知っているよ〜。去年だよね。最初本屋で平積みになってるところを見て、「うぉ〜っ！」って思って……。

はまじ　どう思った？

丸尾君　どう思ったか？　ほんとに書いたのかよ〜ってのが第一印象ね。それでなか見たら、こりゃ本人じゃなきゃ書けないわ、って。

はまじ　表紙の絵はさくらにもらったんだけどね。ぼくじゃ描けないし（笑）。

丸尾君　俺が知っているはまじだと、逆に「本を書け」って言われても、めんどくさいって言いそうだったから、「ほんとにはまじが本書いたの？」とは思ったよ。

はまじ　書けって言われたんじゃなくて、自分から書くぞって書いて応募したんだ。

丸尾君　小学校のときのイメージとは違うなぁ。自分からやるんじゃなくて、やらされるっていうのはめんどくさいと思っていたでしょ？　作文書け、とかさぁ。小学校のときのイメージだと、絶対めんどくせぇってタイプだと思ったからね。

はまじ　めんどくさいよねぇ。

丸尾君　だから「はまじってのが実在するぞ、なら本を書かせてみよう」って出版社側から依頼されたのかと思った。俺自身が周りから「丸尾のモデル」って噂が先に流れたりしたから、はまじなんて名前が本名だし、周りから言われてるんだろうなぁって思ったんだよ。だから「はまじって実在なんだ」っていう話が大々的に流れると、そいつに本を書かせてみようと言ってくる出版社があるんだろうなぁと思ったわけ。でも、書けって言われて、素直に書くタイプじゃないだろう（！）とも思った（笑）。

はまじ　そうだよね（笑）。

丸尾君　だからそれでも了解して少しずつ書いたのか、「名前だけでも貸してくださいよ」とか言われて、文章はライターが書いたのか、とかね。全部は読まなかったけど、これだけ本人じゃなきゃわからない話が載っているなら、こりゃ本人だ！　って。

はまじ　最初は手書き原稿で書いたんだよ。でも大幅に手直ししてあるよ。

丸尾君　まぁ、内容は本人じゃなくちゃわからないことなんだけど、文章については印象が違ったから、こんなふうに書く人だったっけなぁ？　と。こんな文章を書くようになったんだ！　とびっくりしたもん。

はまじ　全部手直ししたんだもん。

丸尾君　書かれていることには、俺の知らないことが多かったな。小学校五、六年しか同じクラスじゃないから、当然なんだろうけど。だから、ウソとかホントとかいうことじゃなくて、本人の匂いっていうか、文章は変わってるけど、ところどころに「はまじっぽさ」があると思うよ。

丸尾はおしゃべり好きだった。昔はあんなにしゃべるような人物ではなかったはずだが。彼の家は、今では店をたたんでしまっている。広い敷地を利用して、駐車場にしようか、と言っていた。とてもおしゃべり好きな面と、頭の良さを生かすために、「丸尾ゼミナール」なんて塾でも開いたらどうか、とふと思った。

丸尾は昔のことをよく覚えている。それにしても頭の良さには感心する。

ぼく「はまじ」

これはもちろんぼく。『ちびまる子ちゃん』の中では「まる子と仲の良いクラスの男子のひとり」として描かれている。一緒に遊んだり、物まねをしたり、からかい合ったり。実際は、もう少し距離のある付き合いだった気がするんだけど（笑）。

第二章

さくらと問題児はまじ

本当は怖かった「戸川先生」

『ちびまる子ちゃん』に出てくる戸川先生はとても優しい先生だ。だけど本当の先生は「厳しい」の一言だった。入江小学校のぼくやさくらたちのクラスは漫画と同じ三年四組だったけど、戸川先生はまるっきり違うのだ。

まず格好が違う。かけているのはあんなに穏やかそうな眼鏡じゃなく、サングラス。そして着ているのもスーツじゃなくて、ジャージだった。髪の毛は短いヘアスタイルでいかにも体育教師という見かけだった。年齢は二十代後半だったと思う。

「戸川の掟」十箇条

戸川先生は、三年四組にこんなルールを作ってぼくたちを驚かせた。いまなら大問題になるようなことばかりだが、あの時代はすべてではないにしろ先生の決めたことが許される風潮があった。

一、冬の日でも窓を開けていなければならない。寒いのに全員体操着でいなければならないし、それに元気にしていなければならない（無理にでも）。
二、授業前に乾布摩擦を全員ですること。当時は女子も裸になってやってたような気がする。
三、授業中は姿勢を正しくしていなければならない（無理にでも）。
四、給食のときは、とにかくおとなしく早く食べろと言われる。
五、下校前のホームルームがとても長い。戸川先生の作詞・作曲の帰りの歌を歌ってから、反省会みたいなものをやってようやく帰れる。
六、サッカー部に入りたくないのに男子はサッカー部に入れさせられる。
七、ビンタをする（これは痛かった）。
八、煙草を教室で吸っている。
九、戸川先生宛に男女順番に日記を書いて提出する。
十、それらのことを全て生徒のためだと思っている。

とりあえずぼくの中にある先生は「怖い」とか「厳しい」という印象が強くて、『ちびまる子ちゃん』の戸川先生とはまるっきり逆だった。さくらもそのことを分かっていて、優しい先生だったらいいなと思って、ああいう風に書いたのかもね。

それにぼくは漫画のようにお調子者で、よくどうしようもないことをしていたので、よく先生には怒られた。

六の「サッカー部に入る」っていうのは本当にひどかったと思う。たしか塾に行っている者はサッカー部に入らなくてもいいということだったので、そのために急に塾に行くようになったやつもいたくらいだ。

ぼくは塾も嫌だったし、サッカー部も嫌だったけど、どちらかといえばサッカー部の方がいいと思って、サッカー部に入った。そのためにサッカーボールとバッグを親に買い揃えてもらった。

学校が終わって、一回家に帰り、ボールを持ち、学校に行く。当時は学校になぜかボールを置きっぱなしにしておいてはいけなかった。どうしてだろう。盗まれるからだったのかな。だからぼくはいつも「めんどくせえなあー」と思いながらサッカー部の練習に行くのだった。それも一日置きとかに練習はあった。

さぼると戸川先生になんで休んだのかと尋問され、元気なのに休んでばかりだとビンタを張られる。ぼくはよくさぼったので他のクラスメートよりたくさんビンタを張られた。戸川先生のビンタは教室中に響き渡るぐらいの音がしてとても痛かった。

入部してから二カ月ぐらい経つと、練習を集団でさぼり始めるようになる。これが小学生らしい考え方だが、みんなでさぼれば、みんなビンタなので、戸川先生もそれだけビンタを

◉はまじとさくらは、入江小学校の三年から六年、中学二年、三年と六年間同じクラスで机を並べて過ごした。さくらは観察力の鋭い女の子で、三年四組の教室で起こった実話を、ほのぼのとした絵とセリフでアレンジしてほっこりしたクラスの温かい物語を書いた。

したら手が疲れて威力が衰えるじゃないかという気持ちだった。そしてやっぱり集団さぼりがバレて、みんなでビンタを張られた。確かに一人のときより痛くなかった。それに先生の手も赤くなっていてジンジンして痛そうだった。そんなことがあったあと、親からクレームが来たらしい。そんなに子供にビンタするなってことだろう。

そしてサッカー部を辞める者が出てきて、その理由は先生に言わなければならなかったので、みんな、病弱とか、塾に入ったとか、鼻血が出やすいからとか適当な理由を言って辞めた。学年の終わりぐらいになるとサッカーを続けているのは、本当にサッカーが好きな者しかいなくなった。

ぼくもサッカー部を辞めた。いくらサッカーの人気が高い清水だとはいっても、みんながみんな興味があるわけじゃない。真のサッカー好きじゃないと部活は無理だ。それに夜七時まで部活をやることは小三のぼくにはつらかった。それまで見ていたアニメが見れなくなって、悔しい思いをした。

なんにしてもサッカー部を辞められてよかった。たしかぼくは塾に入ったことにした。そんなふうに小さい頃は変な嘘ばかりついていたと思う。ちょっと反省。

戸川先生の思い出ですごいなぁと思うのは学級対抗のリレーのときのことだ。当然、隣のクラスに負けたくないからみんな真剣になる。それは生徒も先生も同じだった。だけど先生は生徒よりもきっと張り切りすぎたんだと思う。

リレーで勝つためにはどうしたらいいのか？　と学級会で話し合っていた。当然、練習第一ということになって、練習には毎朝あった。先生も毎日早朝にやってきたのでさぼることはできなかった。

毎日毎日、練習をして大会前日になった。すると先生は、明日、レース前にレースで燃えられるように秘密の飲み物を飲ませると言っていた。ぼくはなんだろうと思った。みんな分からなかった。カルピスか何かだと思っていた。

当日、グラウンドに出る前に教室でみんな一列に並ばされた。そして「秘密の飲物」を飲むことになった。

なんと、ウィスキーだ。

キャップにウィスキーを少しずつ注いで一人ずつ飲んでいく。みんな、うえーとかひえーとか言っている。ぼくの番になり、ぼくも飲む。確かにレースで燃えられそうだった。喉が熱くなってヒリヒリする。

クラス四十人で飲んだので、一本空けてしまったと思う。ウィスキーの品名は当時は分からなかったけど、今思い出すとたぶん安物だ。

だけど、すごい先生だ！　なかなかいないと思う。今の時代じゃ、いない。発想がすごいからだ。でも大問題になっていただろう。だけど結果は一位にはなれずに二位だった。飲酒が問題なのか、実力不足なのかは分からなかったけど、優勝はできなかった。ちょっとふらふらして走っていた生徒もいたかもしれない。

そしてビンタのようにそのことも、後日、親から学校にクレームが来ていた。また戸川先生が問題になったのだ。だけど先生の作戦も分からないではない。アルコールを飲んでテンションを上げてやれってことなんだろう。だからって子供にウィスキーはまずかった。ぼくは飲んだけど、まったく受けつけない生徒もいた。そういう子にも強制的に飲ませたのがアダとなってクレームがきたんだと思う。やっぱり戸川先生はアウトローだ。

さくらの実家で見つけた物

さくらの実家は当時、八百屋を経営していた。八百屋というと威勢の良いさまを想像するが、別にそういったイメージではなかった。さくらの家の前を自転車で通過すると、数人の客がいて、さくらのお母さんが接客していたのをよく見かけたものだ。たまに父ヒロシさんを見かけたこともある。

今から思うと漫画の中の父ヒロシさんにそっくりだ。

ハッキリ言って、さくら家の八百屋にはあまり客が集まっているようには見えなかった。なんと言っても、ブー太郎家経営のスーパーがある。入江商店街近辺に住む人々はみなそちらに買い物に行っていたに違いない。

さくらの実家に立ち寄った話は先述したが、もっと話が聞きたいと思い、その後もことあるごとにさくら家の前を通るようにしていた。シャッターが閉まっている日ばかりだったが、ある日、開いているのを見つけた。早速、中をのぞいてみる。さくらのお母さんにそっくりだと言うおばさんに再び会うことができた。

ぼくのことは覚えてくれていた。

そこで、『僕、はまじ』の本を手渡した。本当に本を作ったんだね、と少しびっくりした様子だった。

おばさんは、不要な荷物の整理に来ているところらしい。いつもは娘さんとふたりで来ているが、その日はたまたま娘さんがダウンしていたらしい。荷物はどれくらいあるのか、と質問してみると、二階にまだまだ相当の量があるとのこと。それをおばさんがひとりで下に運ぶとなるとあまりに気の毒だ。ぼくも手伝うことにした。まぁ、ヒマなわけだし。

必要なものと不要なものの区別はぼくにはわからないので、おばさんが選別している間に、ぼくが不要物を下す係になった。

荷物を運んでいるうちに、面白いものを見つけた。睡眠学習機だ。ぼくはそれを見て大笑いしてしまった。当時、学習雑誌の広告に毎回掲載されていたシロモノだ。枕の形をしていて、中に機械の仕掛けが埋め込んであり、表側には操作パネルがついている。名前の通り、眠りながら勉強ができるという、要領のよい枕だ。

今になって考えれば、そんなモノで勉強がはかどるわけがない。しかし当時は、その睡眠学習機が欲しくてたまらなかった。三、四万円もする機械だったので、自分が持っているお金ではとうてい買えなかった。親に言っても、もちろん買ってもらえるはずがない。分割で買うにしても、自分のこづかいでは足りなかった。あの枕さえあれば、寝ながら賢くなっていけるのになぁ、とぼんやり想像しているだけだった。学習雑誌を買うたびにその広告が目に入ってくる。やがて一年も見続けていると、どうせ購入できないんだから、とあきらめもつくようになってきた。自分には金がない。だから買うのは無理だ。買えないんだから自分でちゃんと勉強しなくちゃならないんだと、あきらめコースに進むことになった。ぼく自身、睡眠学習機についてそういった思い出があったために、さくらは睡眠学習機を買ったのかと知ると、思わず爆笑してしまったというわけだ。

作業を始めて三、四時間後、二階にあった不要な荷物をすべて一階に下し終えた。おばさんは「助かった」と言ってくれて、近所のそば屋でビール二杯と定食をごちそうしてくれた。ぼくにしてみても、さくらの生家で愉快なアイテムを見つけることができて、ちょっぴり有意義な気分だった。

みんなの故郷、清水の街

ここで故郷、清水の話をしてみたい。

清水の名物と言えば、産業製品輸出入や漁港として有名な清水港、人望が熱かった清水次郎長親分、世界文化遺産となった三保の松原、羽衣の天女。さくらももこの漫画『ちびまるこちゃん』の舞台や、清水出身者が多いJリーグサッカーチームの清水エスパルス、個人的にとても旨い追分ようかんと代表的にはこの位ある。あと少し名産であるのがお茶やみかん、いちごなどで近辺ではさくらえび漁、しらす漁が盛んである。

そのような清水市が平成十五年四月に静岡市と合併して静岡市清水区となった。清水の頭に静岡市が付いてしまった。つまり清水は静岡市になったのだ。これはぼくにとって悲しいことだ。

その静岡市清水の人口は昔とあまり変わらない二十三万人程度の約九万世帯だ。合併した静岡市では六十九万人台になり、約二十七万世帯となった。別に清水としては変わらないが、静岡市としては人がとても増えたことになる。

さくらやぼくが育った清水がどんな街だったか今と昔を比較しながら語りたい。

『ちびまるこ』や清水エスパルスなどで清水が知られるようになったのは近年のことである。小学、中学時代の清水は駅前などにデパートが集中してある。どこの駅前にも行けば大体ある感じだ。週末の休日ともなると何も買うわけではないが、友人とデパートに行ったりした。だが今では不況のあおりなのか二店舗閉店になり、駅前のデパートは一店舗のみとなっ

た。（二〇二〇年現在、その一店舗も閉店）

その代わり住宅地の方へショッピングセンターやレジャー施設が出来ている。住宅街のショッピングセンターは、駐車場は無料で広く、大勢のお客が入り活気がある。時代の流れで、こういうのが流行っているのかと思っている。

小学三年時、豪雨により清水は洪水になり大水害が起こった。ぼくの借家は大丈夫だったが、別の町内はだいぶ水に浸かってひどかった。これが七夕豪雨で全国的に被害を被った。ぼくはそのとき登校拒否児童だったので、より一層学校へ行かなくてすむと喜んだ。だけど二十二歳頃、台風による雨で自分の乗用車が水害に遭い、小学三年時のツケがきたのだと思った。この小学三年時の豪雨は、今までの清水のなかでは一番の被害であった。

次に清水の風景を語ってみる。見渡すと海、山があり代表の川、巴川があり三保にレジャー施設や名物があり、遊園地や駅前デパート、駅前銀座があるのが主だった風景。現在は昔遊園地だった所へ大型ショッピングセンターが、清水港近辺に大型レジャー施設が加わった。清水と静岡を結ぶバイパスが通ったことも昔よりだいぶ変わった。自分ではバイパスが出来たのが大きな変化で、車を運転したときはスムーズに走れ便利に思った。

こんなところが清水の紹介になるが、清水をもっと有名にした功労者は、なんといってもさくらももこに尽きるであろう。

さくらやぼくが育った頃の暮らし

三年四組時代の学校における服装のことを少し話してみよう。

男子の小学時代はもっぱら短パンが夏冬とも主体。それにトレーナーやTシャツという感じだ。中学時代はジャージやジーパンでトレーナーやジャージ、Tシャツ、学生服を常に着ている者もいた。

ぼくの場合、小学時代は母が買ってきたのを着ていた。中学からは自分でデパートやスポーツ店で買っていた。

女子の小学時代はリーズナブルなスカートにTシャツやトレーナー、セーターという感じ。現在の女子小学生みたくオシャレなどしていない。女子の中学時代はジーンズのスカートや少しミニスカートを着ている人やジーパン姿にトレーナー、Tシャツが多かった。

小学校時代の男子の髪形はスポーツ刈りが主で中学校は坊主頭だった。

女子は小、中とおかっぱヘアが多く、ちなみにさくらは三つ編みで学校に来ていた。

小学校の給食はまずパンがありおかずと牛乳が基本だった。それにデザートのプリンやヨーグルト、果物（特にバナナ）などが付いたりしていた。月末はお楽しみ給食と称して、パンが揚げパンや黒パンだったりコーヒー牛乳だったりと、少し良かった。だけどただ塩で揉んだ塩揉み野菜やカボチャの煮物はまずかった。ミートソースとソフトメン（うどんが細い感じ）の給食のときは旨かった。もう一度食べてみたい感じだ。

当時家庭での食事は別に今と変わらない、魚、野菜、フライ、肉、煮物とそれ程変わらない。昔は魚や野菜をあまり食べなかったが今では健康のためか一番に食べる。おやつなどは浜崎家にはなかった。

浜崎家は二間の借家だったがクラスメートらは持ち家がほとんどだ。さくらや花輪、とくちゃん、かよちゃん、たまちゃん、丸尾、ブー太郎、野口と、ちびまるこに出ているメンバーはみんな持ち家だった。借家のぼくの家は漫画だと屋根裏があるが、実際はなく平屋だった。夢を壊してゴメン。花輪の家は漫画ほどではないがやっぱり豪邸だった。

そういえば花輪家の近くには実在していた『みつや』がある。ぼくは一回も行ったことがないが実際にあったが、現在は店を閉めている。駄菓子屋の印象だった。

あと「追分ようかん」も実際にある。ここのようかんを小学一、二年時初めて食べた。

「あー、ようかんはこんなに旨いのか」と思っていた。あるとき、追分ようかんと違う包装のようかんを親戚からもらって食べた。追分ようかんの美味しさが舌になじんでいたため正直まずかった。

それだけ「追分ようかん」は美味しい。

静岡市清水追分二丁目に本店がある。このあいだ、ようかんを買いに行ったらさくらの絵が飾ってありビックリした。みんなも行ってみたらいい。ようかんは一本千百円ほどで高いと思うけど食べるとわかるよ。絶対後悔はさせない。

プール事件

三年四組は『ちびまる子ちゃん』の舞台でもあるし、ぼくにとっても最も印象に残っている一年だ。いろいろなことがあったけど、ぼくにとっては過酷な年だった。漫画に出てくるように呑気におちゃらけてばかりはいられないほど、様々な問題が起こった。

その発端でもあり、これから先も絶対に忘れられないのが水泳の授業だ。不思議なことに『ちびまる子ちゃん』でもプールのシーンがぼくの初登場ということになっている。漫画の中では一話で終わるだけで、その後のことは描いてないけど、ぼくにとってはそのプールから全ての悪夢が始まったのだった。


三年生になり二カ月が経ち、プール開きを迎えた。

ぼくはまったく泳げなかった。だけど一年生と二年生のときのプールの授業は水に顔をつける練習をしたり、バタ足の練習だったりして、案外、楽しかった。だけど三年生になり本格的に泳がなければならなくなった。その上担任の戸川先生は学校で最も厳しい先生なのだ。

それでもプール開きのときには結構自由にやらせてくれた。水に潜って友達とジャンケンをしたり、プールに潜って底にまいた石を拾ってきたりした。だけどぼくは水の中で目を開けられないので、すぐに出てきてしまって、石は全然取れなかった。だから足で探して拾ってごまかしたりした。そんな感じで終わったプール開きの日は楽だった。

だけど、それから試練が始まるのだ。信じられないくらいの悪夢の日々が続く。

二回目の水泳の授業は、泳げる人と泳げない人に分けて行われた。もちろんぼくは泳げない方だ。クラスには四十人ぐらい生徒がいたけど、その中で泳げない人はぼくを入れて四人だけだった。その四人は顔に水をつけることもできないような人たちで、そのときまでぼくは彼らとそんなに仲良くなかったけど、わずかな仲間ということで奇妙な友情が芽生えたりした。

そんなぼくたちを尻目に、泳げる人たちは楽しそうに自由に泳ぎ回っていた。その隣で泳げないチームのぼくたちは水の中で目を開ける練習をする。

漫画の中でぼくは目を開けているけれど、本当は水の中で目を開けられなかった。目が染みるし、それに驚いた弾みで鼻から水が入ってきて苦しくなってしまう。鼻の奥がツンと熱くなってむせてしまうのだ。漫画の中のぼくのひどい顔はその通りだと思う。さくらはうまく描いてある。

そんなぼくはすぐに水から頭を上げようとするが、ぼくたちを指導している戸川先生はぼくの頭を手のひらで押さえつけて、水から出させてくれない。その上、無理に水の中に押し込んだりもした。

それは恐怖だ。それ以上ない恐怖だ。「死ぬ」という思いがザワザワと湧いて、パニックになる。ぼく以外の泳げない三人もみんな頭を押さえつけられていて、パニックになっていた。

二回目の授業でそんな様子だったので、ぼくは、「これは今年のプールはただごとじゃすまないだろうな」と思い、次のプールが怖かった。

だけど体育の授業は週に四回もあったので、すぐに次のプールがきてしまう。たまに一日空くこともあるけど、ほとんど毎日プールという感じだった。

ぼくは「嫌だ嫌だ」と思いながら水着に着替え、プールに向かう。泳げるチームの人たちは楽しそうなのに、泳げないチーム四人は、今から拷問にかけられる捕まったスパイみたいな顔になっている。

三回目の授業の課題は「飛び込みの練習」とのこと。それを聞いてぼくは、これはいかにも鼻に水が入るぜと思った。水の方から鼻目がけて飛び込んでくるようなものじゃないか。そんなぼくにはお構いなしで、まずは泳げるチームの人たちからプールに飛び込んでいく。うまくできる人もいるし、腹から飛び込んでしまい、腹が真っ赤になる人もいた。

そしてぼくの番がくる。

正しい飛び込みのやり方を戸川先生から教わる。

「耳に腕をつけ、まっすぐ腕を伸ばし、指先から」ということだったけど、ぼくの場合は怖くて、そうすることができなかった。足からプールに入っていくということしかできなかった。足飛び込みという感じだったのに、それでもなぜか鼻に水が入ってきたりして、ひどくむせるのだった。

必死の思いでプールから上がると、先生が、

「浜崎、もう一回やってみろ」

と言う。

そしてぼくは何度も飛び込みをやらされるのだった。だけど自分でも情けないほど、どうしても足から落ちることしかできない。水が怖くてしょうがなかった。

そのうちに先生がぼくの隣にきて、飛び込みの姿勢をとらされる。そして次の瞬間、先生がぼくの背中を突き飛ばした。思ってもいなかったのに、押されて、ぼくは頭から水面に突っ込んでいった。そのときはいまだかつてないぐらい鼻から水が入ってきて、パニックになり、ぼくは溺れるように「あっぷあっぷ」していた。そしてやっとのことでプールから上がると先生は、

「今みたいに飛び込むんだぞ」

と冷たく言った。

「こいつは鬼だ」僕は心の中で叫んだ。

ぼくは飛び込みのことが恐ろしくてぶるぶると震えていた。しかしそれでぼくの飛び込み

が終わるわけじゃない。

「浜崎、もう一度だ！」

先生から声がかかる。そしてぼくはまた飛び込みの姿勢をとらされ、背中を押されるのだ。さすがに二回連続は堪えた。鼻と口の両方から水が入ってきて、ぼくは溺れて、手足を激しく動かしていた。するとなんと先生がＴシャツのままプールに入ってくるではないか。

これで助かった。

そうぼくは思った。先生が助けてくれるに違いないと。

そして先生はぼくのすぐ近くにやってきた。すると、なんと、先生はぼくを高く抱き上げて、おもむろに水面に叩きつけた。「なにしやがるんだ」と言うこともできない一瞬の出来事だった。

学校から逃げる、逃げる

ぼくはなんとか自力でプールから上がって、そうしたら涙が出てきた。怖いし、そんなところをみんなに見られて恥ずかしかった。

それでも飛び込みは終わらない。また一人ずつプールに飛び込んでいく。そしてだんだんぼくの順番も近付いてくる。さっきの状態が脳裏に蘇る。みんなは軽やかに飛び込んでいく。ぼくの順番は近付く。もうあと数人でぼくの番になる。ぼくは水が怖い。また鼻から入ってくるんじゃないか。耳が聞こえなくなるんじゃないか。そして今度こそ、溺れて死ぬんじゃないか。そんなことばかり思う。

ぼくはそんなプレッシャーの中、プールの入り口をぼんやりと眺めていた。あと三人でぼくの番になる。前の人たちが飛び込んでいく音がぼくには恐ろしく聞こえる。そのときぼくはこんなことをひらめいてしまった。

「逃げ出しちゃえ」

そう思うのと同時に、ぼくはプールサイドを走り、入り口の金網を潜り、海パンのままグラウンドを横切った。

グラウンドを横切って、そこからプールを振り返って見ると、みんな唖然とした顔をしていた。口をぽかーんと開けているようにして、みんなぼくを見ていた。

先生が追いかけてくるかもしれない。

ぼくはそう思った。だけど先生は唖然とした表情のままで身動き一つしなかった。呆気に取られていたかもしれない。だけどまだ分からない。急に我に返ってダッシュしてくるかもしれないと思い、ぼくは走って逃げた。

正門から学校を飛び出した。

もちろん海パンに黄色の水泳帽という格好だ。靴も履いていない。それで通学路をひたすら走る。クラスメートがどう思っているとか、そういうことは気にならなかった。ただ、逃げなきゃ先生にヤラれるって思って、走る。そしてまた走る。

昼頃ということもあって通学路にはあまり人がいなかったけど、それでもぼくを見かけたどこかのおじさんは口を大きく開けていた。びっくりしたんだと思う。ぼくはそのまま走っていって、学校からかなり離れてから、ああ、オレは脱走してしまったんだな、とようやく気付いた。それまではそんなこと考えていられなかった。飛び込みを次にやらされたら大変なことになる。だから逃げなきゃと思うので精一杯だった。

どうしようか。

走るのをやめてぼくは悩んだ。学校も終わってないし、こんな格好のままじゃ家にも帰れない。かといって学校には戻りたくない。特に上半身が裸っていうのが非常に心細くなってきた。ぼくはとぼとぼと歩きながら考えた。

家には先生から電話が入っているだろう。だからそういう意味でも家には帰れない。どこにいけばいいいんだろう。

そして思い付いたのが家の近所の広場に横になって積み重ねてあるドカンだった。『ドラえもん』の空地にあるようなドカンと同じ形だ。それは下水工事用のものだったと思うけど、小学生が充分立って入ることのできる大きさだった。それに、そのドカンの中からぼくの家を見ることができる。これはいいぞ、と思ってぼくはドカンのところに再び走った。


ドカンの中に入ったのはいいけど、端の方にいると通行人からまる見えになってしまう。だからぼくは真ん中に移動して身を隠していた。そしてたまに自分の家の様子を確認するために端の方に寄って、家をのぞく。

ドカンに入ったのはだいたい午前十一時頃だったと思うけど、ぼくはじっとその中で我慢をしていた。すると二時か三時頃（だと思う）になって、オレンジのTシャツにジャージ姿の男が広場の前の道を自転車で走っていくではないか。

あっ、戸川だ！

と思い、ぼくは一度ドカンの深い部分に隠れた。しかしそんなぼくを見つけることはできなかったようで、先生はぼくの家に入っていった。そして数十分は家から出てこなかった。プールでの出来事や、裸で逃げたということを母さんに話していたんだと思う。そして家から出てきたときに先生は周辺をキョロキョロと見ていた。子供が隠れるのは家の近くに決まっていると思っていたんだろう。実際その通りだ。だけど結局、ぼくは見つからずに、先生はきたときと同じように自転車をこいで帰っていった。

それを確認してからぼくはドカンを抜け出て、家に行き、そっと玄関のドアを開けた。そして母に分からないように、こそこそと家に入っていった。だけどすぐに母は出てきて、

「あんた、とんでもないことをしたね。すぐ戻りな」

と言われた。

そのときまでぼくは学校に迷惑をかけたことがなかったから、脱走をしたことで、母はかなりのショックを受けていた。戸川先生にしても自分のクラスの生徒が裸で脱走なんかしたら大ごとだし、そのことに関しては悪いことをしたと反省した。だから母に、

「これから服を着て学校に行く」

と言って家を出た。

でも、反省するのとプールが怖いというのは違う話だ。それにもう学校は終わろうとして

いる時間だったので、今更行ってもしょうがないと思い、ぼくは家の近くにある中学校のグラウンドに向かい、夕方になるまでグラウンドの隅に座っていた。そのときの夕日はとても赤くて、今でも覚えている。それを見ながら切ない気分になったことも覚えている。それから家に帰ると、ぼくが学校に行かなかったことを母は知っていて、

「学校に行かなかったね」

とぼくを叱った。先生はぼくの家から帰ったあともちょくちょく電話をかけてきたらしい。そして、

「明日は学校に来なさい」

と言っていたそうだ。

だけど次の日も水泳の授業がある。学校に行きたくないわけじゃない。水泳の授業であんな無茶な飛び込みをさせられたくないだけだ。ぼくはそのことを思い出して、明日の学校はどうしようかなあと思った。だけど母には、「行く」と言っておいた。

その夜、仕事から帰ってきた義父に母が脱走のことを報告し、ぼくは初めて義父に殴られる。彼はぼくのしたことがどうしても許せなかったようで、相当怒られた。そしてぼくは、泣いた。先生にシゴかれたことが悔しいのと、義父までが一方的にぼくを叱ったことが悔し

くて泣いた。

再び脱走して考えた

翌日、ランドセルをしょって普段通りに家を出た。

だけどプールはあるし、昨日のことで先生に怒られると思うと気が重くなってきた。みんなの前できっとさらし者にされるにちがいない。そしてまた頭を押えつけられて水に潜らされたり、あんな飛び込みをさせられたりするのだ。

小学校の近くまでは行ったけど、ぼくは学校に行くのをやめてしまった。来た道を引き返して、アテはないけど、逆の方向に歩き始めた。

どうしようかな、どこに行こうかな、家には帰れるわけがないし、ランドセルを背負ったままだからどこに行っても怪しまれるし、中学校のグラウンドに一日中隠れるのも難しそうだし、ドカンの中に一日いるのはもっと大変だし。

いろいろ考えてぼくは神社のある公園に向かった。あそこなら人は少ないし、いいかと思ったのだ。すると案の定、誰もいなくてぼくは神社の裏に隠れていた。

三時半頃に学校が終わるので、ぼくはその時間になったのを確認して、いかにも学校帰りという感じで家に帰った。だけどそんなの母にはすぐにバレてしまう。その日も先生が家にやって来たし、電話もあったらしい。その後、ぼくがまた学校に行かなかったことを母は義父に告げて、ぼくは再び怒られた。

次の日はなんと戸川先生が迎えに来た。しかも自転車で来た。

連れ去られると思ってとっさに逃げようとしたけど、母に逃げ道をふさがれた。ぼくはそれをすり抜けようとしたけど、そのときにはすでに先生の手がぼくをつかまえていたのだ。母はその前の日に先生と口裏を合わせていたらしい。

つかまったぼくは自転車のうしろに乗せられて、先生の腰をつかんで学校まで連れて行かれた。

クラスに入ると、みんなが物珍しそうにぼくを見ていたり、「脱走したあとの昼休みにみんなで学校の回りを探したんだよ」と言われる。「今日もプールがあるぞ」とも誰かが言った。

それからぼくは教室の前の教壇のところに立たされる。そして先生が、

「浜崎、脱走して裸でどこにいたか話せ」

と言う。なぜみんなの前でそんなことを話さなければならないのかと思ったけど、先生はとても怖い顔をしていたので、これは話さなければならないのだろうと思った。そして裸で走って逃げたことや、ドカンの中に入ったことや、その中から家を観察していたことなどを話した。

それをボソボソとした声で話していたので、

「もっと大きな声で話さなければみんなに聞こえないじゃないか」

と先生に叱られたけど、別にみんなに聞こえる意味なんてないじゃないかと思って、嫌になった。なんでぼくがドカンにいたことをみんなに伝えなければならないんだろう。迷惑をかけたから？　心配をかけたから？　でもそれを無理に話させられるのはつらかった。

そして先生がいろんなところについて尋問をしてくる。だけどそれは答えようのないものだったり、今話したばかりのことだったりしたのでぼくは黙っていた。すると、

「ちゃんと喋れ！」

と怒鳴られる。だからぼくはそのあと泣きながら呟くように先生の質問に答えて、最後にクラスメートに、

「迷惑かけてすみません」

と謝った。


そんなことがあってもまた水泳の授業はやってくる。それがあと何カ月も続くのだ。

次の水泳はビート板を使っての練習だった。それも嫌なことに変わりないけど、なにより顔を水にあまりつけなくてすむので、まだいいと思った。

その日は戸川先生も海パンになって、付きっきりのような指導をしてくれたので、いつ乱暴なことをされるのかとビビッていた。だけど頭を押さえつけて水に潜らせようとしたり、飛び込みをさせたりということはなかったので、少し安心した。またそんなことをされたら、脱走しようかと思っていたので、そうはならなくて、そのこともよかったと思った。別にぼくは脱走したいわけじゃないのだ。それに前回までは開いていたプールの門がぼくが脱走したことによって警戒厳重になって閉められるようになってしまった。そもそも脱走することなどできないのだと思い、なぜかぼくはがっかりする。

そしてその日の帰りのホームルームのとき先生から爆弾発言があった。

「明日から、放課後全員、二十五メートル泳いで帰ること」

なんてことを言うんだと思った。そんなことをしたらせっかく体育がなくてプールに入らなくていい日も毎日泳がなければならなくなってしまう。その提案のせいで、次の日は体育の授業がないのに、放課後のプールはある。

朝起きて、学校に行きたくないと思ったけど、体はいたって健康だったので休むわけにはいかなかった。

学校に着くと、泳げないチームの友達と、「今日から毎日つらいね」と話す。みんな暗い顔をして頷く。賑やかな教室の中でそこだけお通夜の席になったみたいだった。

一時間目の授業も二時間目の授業も頭に入らなくて（それは、いつもかな……）、放課後のプールのことだけが気になる。

そして三時間目の休み時間になる。ぼくはもうプレッシャーに耐えられなかった。そして再び決意する。次の授業で使う予定帳をシャツの中に隠し、隣の女子に、

「予定帳を忘れたから家に取りに行ってくる」

と言う。

だけどぼくがシャツの中に予定帳を隠したことは見破られていて、

「自分で先生に言えばいいじゃん」

と言われたけど、

「すぐ帰ってくるから行ってくるよ。先生に言っておいて」

と苦し紛れに答えて教室を出た。そして学校を出る。先生に直接言ったとしたら、水泳があるから逃げるつもりだということが分かってしまうに決まっているので、そうやって脱走するしかなかった。

それから家の近くのドカンに行こうかと思ったけど、それはこの前先生とクラスメートの前で「ドカンに隠れていた」って公表してしまっている。そこには行けない。だからぼくは別の隠れ場所を探して歩き回ったが、今回は水着ではなく、体操着を着ているのでまだマシだった。道行く人も「少しおかしい子」ぐらいにしか見てこない。水着は明らかに変だったからね。

結局、公園に行き時間を潰した。そして三時頃になって家に向かうと、家の表に先生の車が停まっていた。また戸川がやってきた、と思い、慌てて逃げた。

どこに行っていいのかわからなかったので、ぼくは友達のワタの家に行くことにした。クラスメートの中でもワタとは特別仲が良く、よく遊ぶ友達だった。渡辺を略してワタ。みんなそう呼んでいた。その頃、ぼくとワタは学区外を二人で探検したりして遊んでいた。

ワタは色黒のハンサムで昔のアイドル太川陽介にそっくりだった。だから女子から結構モテていて、ぼくはそれがうらやましかった。

ワタの家に行くと、ワタのお母さんはぼくが脱走したことなど知らなかったので、すんなりと家に上げてくれた。そしてぼくはワタから学校のことを聞いた。すると先生は、また浜崎は逃げたのか、しょうがねえ子だなあ、とぼやいていたらしい。そしてみんなに、浜崎がいなくなったらすぐに先生に報告するように、と告げたのだそうだ。それによってぼくは先生の言いつけをよく守る真面目なクラスメートも敵に回してしまったことになる。小学校のときは先生は神様みたいな存在だから、先生に言われたことは、はいはい、と言って従う子が多いのだ。ぼくやワタは違ったけど、そういう人がほとんどだったと思う。とにかくプールからの脱走と今回の脱走で、ぼくは完全に要注意人物になっていた。

本当はワタも、自分の家に遊びに来たことを報告しなければならないらしかったけど、それは友達ということで内緒にしてくれた。これが友情ってやつかと思い、ぼくは感動した。それにワタもなかなか学校の規則の中でおとなしくしているようなやつじゃないのだ。

夕方になって、さすがにワタの家から帰らなければならなくなったとき、ワタはこう聞いてきた。

「明日学校休むでしょ?」

ぼくは答える。

「当然休むよ」

するとワタは、

「俺も休もうかな」

と言った。それを聞いてぼくは、なんだか悪事をともにやれそうだと楽しくなってきて、

「休もうよ」

と誘った。するとワタは、

「じゃあ休もう」

と言って、ぼくたちは二人で学校をさぼることになった。そして登校のときに学区外で待ち合わせをする約束をして、ぼくは自分の家に戻った。


家に入るとすぐに母が出てきて、怒鳴られた。怒られるのは当たり前だと思っていたので黙って叱られていた。そして六時頃になって戸川先生がやってきた。ぼくが学校に置きっぱなしにして脱走したランドセルと教科書を持ってきた。母の前だと先生はいつもの先生じゃなくなる。優しい先生に変わってしまうのだ。それを見てぼくはなんかずるいなあと思って

いた。

学校でだったら、「明日はちゃんと学校に来るんだぞ！」と大きな声で言うのに、母の前だと、「プールもビート板だから、怖くないから」と優しく言う。「学校に来るんだよ」とも言う。

これ以上話をこんがらせると大変なのでぼくは、「明日は行きます。今日はごめんなさい」と謝る。だけどそんな気持ちはない。次の日ワタと学校をさぼって遊ぶことを楽しみにしているぼくなのだ。

登校拒否で考えた

九月になり二学期が始まってもぼくは学校にいかなかった。特に理由があったわけじゃないけど、夏休みを入れて二カ月以上も学校にいっていなかったので、いつの間にかそれが普通になっていたという感じだ。

九月中旬の日曜、夕食を家族で食べにいこうと義父に言われ、子供用のスーツみたいなものに着替えさせられた。そして家族で車に乗って静岡の方に向かう。どこにいくんだろうと思っていたら、一軒の家に着く。嫌な予感がして表札を見ると、「戸川」の文字。先生の家だ。

そこまできて一人で帰るわけにはいかなかったので、ぼくは嫌々ながら家に入った。すると先生の奥さんが料理を用意してくれていて、たしかに夕食を食べにいこうという言葉自体は嘘じゃなかった。先生はぼくに、

「シチュウを食べな」

と言ってくれたけど、ぼくは食欲がなかった。気が重くて何かを口に入れたい雰囲気じゃなかった。先生は例のごとく母の前や自分の奥さんの前で優しく振る舞っていた。そして、

「みんな浜崎のこと待ってるぞ」

と言ったけど、ぼくは信じられなかった。終業式のときに久しぶりに行った学校でよそよそしくなっていたみんなが急にぼくを待っているはずがない。

次の日、学校に行くふりをして家を出て、一学期のときに隠れ場所として使っていた動かないトラックの中に隠れる。だけどトラックの中に何時間いてもすることがなくて飽きてくる。

だからぼくはトラックを抜け出して近くの団地にあった小さな公園にいく。まだお昼前だったと思う。そこでブランコに乗っていると、買い物帰りといった感じのおばさんが寄ってきた。おばさんといってもその当時のぼくから見てだから、今考えると二十代後半から三十代前半だったんじゃないだろうか。髪が長くて綺麗な人だった。

「ぼく、ご飯食べていかない？」

とおばさんは言ってきた。

ぼくは最初、補導されるのかもしれないと思って警戒していて、何も喋らなかった。だけどおばさんは優しい口調で、

「ジュースもあるから、ご飯食べていきな」

と言ってきたので、変だなあとは思いつつも、おばさんについていくことにした。かなりお腹が減っていたし、喉も乾いていたのだ。

おばさんは団地の四階に住んでいた。団地に入り、家に向かう。知らない人についていってはいけないとか、誘拐されたらどうしようかと思ったけど、おばさんにはそういう疑いを晴らさせるような雰囲気があった。悪いことをするようには見えなかった。

おばさんの家に入る。間取りは２ＤＫだった。なぜか、よく覚えている。お昼だったから

旦那さんも誰もいなかったけど、結婚している人だと思った。

おばさんはすぐにジュースを出してくれ、とても暑い日だったので、ぼくは嬉しかった。すぐにそれを飲み干す。するとおばさんは卵焼きを作ったり魚を焼いて、ぼくに出してくれた。空腹のぼくはなんの疑いも持たずにそれを食べて、食べ終えた頃におばさんに対しての警戒心も薄れていた。

おばさんはぼくに名前しか聞かなかった。「憲孝君ね」と言っただけだった。

「学校どうしたの？」などとも聞かないのでぼくは安心した。

そういうことを聞かれて正直に答えると、大人は嫌な顔をするか、怒るに決まっているからだ。あとは相談所の人のように、わけも分からず、遊ぼうよと言ったりもする。

「私には子供がいないのよ」

そうおばさんは寂しそうに言っていた。たしかに部屋にはおもちゃが一つもなかった。

それからぼくはおばさんとテレビを見てすごした。するとベランダの方で何か鳴き声がしている。見てみると、ベランダに米粒の入った茶碗が置いてあって、そこに雀がやってきて米を食べているのだった。

「近くに寄ると雀が飛んでいくから、部屋の中から見ている方がいいよ」

とおばさんは言っていた。

だからぼくとおばさんは二人で雀が米を食べている光景を静かに見ていた。その間、おばさんは寂しそうな顔をしていてぼくは雀よりもその方が気になっていた。

三時になって、ぼくはおばさんに、

「そろそろ帰る」

と言った。おばさんは、

「まだいてもいいのよ」

と言ってくれたけど、あまりにも優しすぎるので何かあるのかな、と不安になったぼくは帰ることにした。

帰りがけにおばさんは、

「また来てね」

と言っていた。

笑っているけどやっぱりまだ寂しそうだった。

それからぼくはトラックにランドセルを取りにいき、少し時間を潰してから家に帰った。

家に帰っても母は何も言わなかった。ぼくのことを諦めていたのかもしれない。

次の日も午前中はトラックの中ですごし、午後になるとおばさんのところに行った。おばさんはいつも、よくきたね、と歓迎してくれた。そしてご飯をいただいた。雀を見たり、テレビを見たりしてすごして、三時半になるとぼくは自分の家に帰った。そんな生活が一週間ぐらい続いた。

その頃になって、ようやく、

「あんた昼間どこにいるんだね？」

と母と義父が聞いてきた。

だけどぼくは黙っていた。おばさんのことを言ったらおばさんに迷惑がかかるんじゃないかと思ったのだ。だけど二人は、

「人の家にいるんじゃないのかね。人の家に迷惑をかけているんじゃないでしょうね」

と言っていて、ぼくはバレたんじゃないかと思ってヒヤヒヤした。

ある日、おばさんのところに行ったら、おばさんから質問があった。それまで何かを聞か

れることが少なかったので、ぼくは驚いた。

「憲孝君は学校がなんで嫌いなのかな？」

ちょっとショックだったけど、おばさんのことは信用できると思っていたので、胸のうちを話すことができた。プールからの脱走のことや戸川先生のことを話した。

そしたらおばさんは、

「そんな先生がいるんだったら、行かない方がいい」

と言っていた。だけどすぐに、

「三年生という段階を終えないと四年生になれないから、プールが終わったら先生が嫌いでも学校に行ったほうが憲孝君のためだ」

と訂正していた。そして、

「憲孝君のクラスの子も戸川先生を好んでいないのでしょう。だけどクラスの子たちは憲孝君のように学校を休んでいないのよ。先生のことが嫌いでも学校に行っている子もいるのよ。だから憲孝君も頑張って学校に行った方がいい。そうしたら友達も応援してくれるんじゃないかな」

と言ってくれた。

「友達がいないというのはとても寂しいことだよ」とも言った。

ぼくもその通りだと思った。そしてなぜかそれを最後におばさんのところにはいかなくなってしまった。今思えば、もう少しいろんな話を聞きたかった。

そしてようやく学校に戻った

九月の終わり頃、母と義父がぼくを戸川先生の家に連れていった。二度目の訪問だ。だけど先生にそのことは伝えていなかったみたいで、突然の訪問に先生の方もびっくりしていた。親はぼくにどうにか学校に行ってもらいたいと思っていたんだろう。

そのとき先生は酒を飲んでいて、そのせいもあるのか、陽気な感じで話してくれた。

「浜崎はプールが嫌いで、俺のことも嫌いだということは分かっている。だが、将来水泳もできない男だと海にもプールにも遊びに行けず楽しみが半減するのだぞ」

と言っていた。

たしかにそうだ。成人してからぼくはサーフィンをするようになったけど、そのときに、先生の言う通りに泳げるようになっておいてよかったと思った。だけどその当時、小学校三年のときは、「プール＝戸川先生」になっていたのだ。つまり「プール＝嫌い」だから、「嫌い＝戸川先生」ってことにもなる。

そしてぼくは翌日から学校に行くことを先生に約束して、家に帰った。

その約束を守り、翌日は学校に行く。長い夏休みだった。六月の中頃からあまり学校に行かなくなっていたので、実に三カ月以上の休みだったということになる。とんでもないことだ。

クラスメートのみんな、「きた」と言っていた。

「きた、きた」っていう声が蝉の鳴き声みたいに聞こえてきた。なんかそれは囃し立てられているみたいでぼくは違和感を覚えた。だけど友達のワタは、「やっときたじゃん」と言って喜んでくれた。

その言葉はぼくも素直に嬉しくて、やっぱり友達は大切だと思った。そしてぼくは、何度も遊びに行ってご飯を食べさせてもらったおばさんのことを思い出して感謝した。

それにラッキーなこともある。ぼくが登校して水泳も終わりということになったのだ。その上、残っているわずかな水泳の時間も見学していいということになった。先生としてはせっかく学校にやってきたのに、プールのせいでまた脱走されたらたまらないと思ったのだろう。そんなぼくは泳げない仲間や、そんなにプールが好きじゃないクラスメートに、「ずるいよ」と言われた。

それはちょっとつらかったけど、そんなふうにして、ようやくぼくのまともな三年生の生活が再開されたのだ。

こんなぼくをさくらはどんな思いで見ていたのだろうか。ともあれインパクトが強かったから『ちびまる子ちゃん』の中でぼくの事件は大きく取り上げられたのだろう。

第四章
さくらが変えたぼくの人生

ぼくが書いた本の反響

ぼくは二冊目の本『はまじと九人のクラスメート』の出版後、本を持って友人たちへお礼で回った。

まず花屋のとくちゃんからだ。とくちゃんとは取材した時、久々に会って以来、身近になり、いつでも連絡が取れるメール友達になっていた。最近、とくちゃんは金欠のため大好きな酒を飲んでいないことを思い出し、本以外に何かお礼の物をと考え純米酒を買って行くことにした。

真っ昼間ぼくは純米酒とぼくのサイン付き本を持ってとくちゃん家に行った。

花屋の入口に着くとちょうど、犬の散歩から帰って来たとくちゃんの父と出くわし、酒を持って花屋に来たぼくへ怪げんな表情を向けた。

とくちゃんを呼んでもらったが、父はぼくの行動を一部終始観察している。とくちゃんにはお礼を言って純米酒と本を手渡している間もとくちゃん父は見ていた。彼が純米酒をもらったことにうらやましがっているのか、酒を狙っているのかもしれない。そんな目線だった。

とくちゃんだけは写真を出してもいいということで、掲載させてもらったページを見せた。彼はニコニコ笑って見てくれた。とくちゃんありがとう。

次はここの家から近い野口のモデルへ本を渡そうと思う。本だけでは悪いから、お礼として野口の家に近い追分ようかん大曲店へ入り、ようかんを買った。

追分ようかん本店には何度か本の取材で顔を出していたが、大曲店は初めてだった。なぜ追分ようかんをお礼としたかというと、地元の人は土産で使っているが、自分でわざわざ買って食べるということはなかなかしないだろうと思ったからだ。

店へ入り、ようかんセットにのしを付けてもらったら、見た目もよくなる。丸尾君にも、もう一つ包んでもらう。それと『はまじと九人のクラスメート』の編集のIさんは食べたことがないのを思い出し、御歳暮としてまた一つ包んで発送してもらった。かなりの出費になったが、お世話になった人たちなので、それくらいのことは惜しまなかった。

そして野口の家の前へ到着した。野口の家は平家で門がある。だが門が開かない。電話をせず突然来たので、野口はいるのかもわからなかった。何度も門を動かしても開かない。家に小さな明かりが灯っている。アニメの野口のように暗い感じだ。マンガでは兄がいたはずだが、実際はいないと思う。

その場で携帯を出し、かけてみると本人が出た。この日は仕事が休みだったらしい。赤いちゃんちゃんこを着た彼女が現れた。まさに黒髪おかっぱの野口だ。本が出来たことを言ったら、「早いね、もう出来たの」と言った。本とようかんを渡すと喜んでくれた。野口得意の「クックックッ」を期待したが、それはなかった。その笑い方ならぼくは大喜びだった。そして少々世間話をして別れた。

後日、野口は「本の内容はおもしろかったよ」と連絡をくれた。それに表紙と帯の野口の絵を「はまじが描いた絵の方が私に似ているね」と褒めてくれた。

まさに、「クックックッ」の心境だった。その足で丸尾のモデルの家にも行ってみたが、誰もいなかった。

翌日、連絡を取って丸尾の家へ向かった。彼の家はとくちゃん家の隣で、近年まで洋品店を経営していた。小学時代の体操着やスクールコートや、学生服などの販売店だった。

ぼくが着くと丸尾は外で待っていた。本とお礼の追分ようかんを渡し、世間話を弾ませる。丸尾の車が見当たらなかったので「マイカーを持っているの?」と聞いたら、持っているというので見せてもらうことになった。

立ち話をしていた目の前のシャッターを丸尾が開けたらなんと、ピッカピカのブルーのファミリーカーがあった。

「超きれいじゃん」

と思わず言った。彼は最近車を買い替えたらしい。もともと車を大切にし、洗車等をマメにするのが好きだと言う。小学校からを考えると、丸尾がまさかきれい好きとは思ってもいなかった。

丸尾と別れ、次はかよちゃんだ。

彼女は忙しい女性で、なかなか連絡が取れない。携帯電話の番号も知らなかったので、いつものように家の固定へ電話した。すると運良くかよちゃんが出た。本が出来たので渡したいと伝え、都合のいい日を約束した。かよちゃんとの待ち合わせは、午前十時に以前インタビューをした公園だった。行きにまた追分ようかんへ寄り、お礼を包んでもらう。

前回と同じ静かな公園で待っていると、かよちゃんが愛犬とともに現れた。相変わらず帽子を深くかぶり、今回はサングラスをかけている。かよちゃんはコーヒーとお菓子を持って来てくれ、御馳走になる。本を渡し、彼女とのインタビューの箇所を読んでもらった。

するとすぐにダメ出ししてきた。インタビューに入る前にかよちゃんの紹介をしてあり、そこで会社名は出していないが職業名を「大手有名化粧品メーカーのチーフをしている」と書いたところを怒られた。ぼくはなぜ怒ったのかわからない。「ちょっと大袈裟」なのと、わざわざチーフまで書く必要などない、ということだった。しかし、いまさら訂正が出来ない。繊細な彼女なので、すぐにその場で謝った。

そこでまたハプニングが起こった。前回インタビューした時、彼女の愛犬ルルはひもを放した瞬間、素早く逃げ出してなかなか捕まらなかった。メスなのにすごく活発な犬だった。そして今回もまたルルが逃げ出した。

腰を悪くしているぼくは、この日コルセットを巻いていて、犬を追いかけられる状態ではなかった。でも彼女がなんとかと早く捕えることが出来たので、ぼくはホッとした。いつの間にか、かよちゃんの怒りもおさまっていた。

次は追分ようかん本店だ。店の写真を掲載したので本を渡しに行く。ようかん屋へ入り、御主人に本の写真掲載のところを見せると、目を輝かせて大いに喜んでくれた。この御主人と話をしていると、大体さくらの話題になり、彼女のことを偉大な先生と思っている。そう、さくらは偉大な存在なのだ。

ようかん屋の女将さんも出てきて、ぼくとさくらの話題で花が咲いた。女将さんが「コーヒー飲むか?」と、聞いてきたので、「飲む」と答えたら粉になっていないコーヒー豆を持ってきた。てっきりコーヒーをその場で飲むものだと思っていた。

豆は正直いらないので、「いえ結構です」と返答した。するとぼくの心を読んだのか、「豆を粉にするのがないから、結構と言ったんでしょう」と女将さんが言う。ズバリその通りだった。

すると女将さんは家の奥へ引っ込み、手動で豆を粉にする製粉機を持って来て、それをぼくに渡した。なぜくれるのかと問うと、最近電動の製粉機を買ったから、この手動のはいらないと言う。これなら豆を粉にでき、コーヒーが飲めるので、幸いとばかりもらった。御主人と女将さんに何度もお礼を言って店をあとにした。

次は花輪のところに行く。前回は花輪家の経営する病院でのインタビューだった。

そういえばつい最近ハローワークへ行ったとき、花輪の病院が看護婦さんや介護員さんの募集をしていたので、それも聞いてみたい。面接者の箇所に花輪の旦那さんの名が書いてあった。

いっそのこと、ぼくを送迎運転手として雇ってくれないかも聞いてみようかと考える。花輪の病院は日本平の中腹にあり、年寄りの方は通いが大変だから送迎運転手がいれば助かる。

病院に着くと売店に花輪はいた。早速、本とお礼の追分ようかんを手渡した。

前回よりとても忙しそうな感じだ。ぼくと会話していると、すぐ電話がかかってきたり、看護婦さんが花輪のとこへ話しに来たりと忙しく、なかなか話が進まない。一人椅子に腰掛け、待ちぼうけをくらった。

ようやく売店の片付けが終ったあと、お礼と話が出来た。彼女は喜んで本を見てくれ、終始笑顔だった。職安での看護婦さんの募集はしていた。「送迎運転手は？」と聞くのをためらいやめた。会話中、白い病院服の男性が現れ、花輪は「弟だよ」と紹介してくれた。弟といえばこの病院の院長だ。つまり社長。ぼくは真面目に腰を折った。

あまり会話らしい会話は忙しく出来なかったが今度、飲み屋でゆっくり話そうよ、と約束し、花輪のメールアドレスを聞いて退散した。師走で忙しそうな花輪である。

さくらの親戚のおばさんへは、ぼくとおばさんの都合がかみ合わず、さくらの旧実家におばさんが翌日来ると言うので、改装中の家の大工さんに頼んで渡してもらうことにした。

インタビュー出来なかったたまちゃんの家へ行く。彼女はアメリカに嫁いでいて家にいないのはわかっている。着いた時、表にたまちゃんの父がいて、ぼくは本が完成したことを話し、手渡した。たまちゃんの父は「おめでとう」と言ってくれ受け取ってくれた。まる子ちゃん漫画の中では、たまちゃんのお父さんはいつもノンキにカメラをぶら下げているが、実際はそんな感じではなくとてもシャープで律義な人に見えた。

『ちびまる子ちゃん』のキャラクターとしては登場していないが、小一からの友人カニエイがいる。ぼくはカニエイにも本を渡しに行った。

二人は午前様まで本のキャラクターのエピソードや、こぼれ話についてざっくばらんな話をしながらお酒を飲んだ。

気が付いたら朝になっていて、寒いと思ったらカニエイの部屋でいつの間にか酔っぱらって横になっていた。彼はというと部屋にはいなくて、一階の寝床で眠っていた。あまりの寒さと二日酔いで頭が痛く、朝七時に昨夜のテンションとは逆となり自転車で帰った。その日は一日中頭が痛く、体調も優れず陽から一転して陰な日となった。

初のサイン会を開く

生まれて初めてのサイン会のことを書いてみよう。

二〇〇二年二月、初めての本『僕、はまじ』のサイン会を東京、渋谷の書店で行った。

昨夜の酒が残っていて二日酔いであるが、朝早く新幹線に乗り東京に向かった。初のサイン会とあって、車中では緊張感があった。どんな年代の人たちが来てくれるのか、お客さんは来てくれるのだろうかと考えているうちに酒がまわっていき、頭の中がいっぱいになって、二日酔いでクラクラした。

午後一時からサイン会。十二時頃、出版社を編集者と出て、一時前に渋谷の大きな本屋、ブックファーストに着いた。

いきなり入り口に「『僕、はまじ』の著者　浜崎憲孝氏サイン会」と張り紙がはってあった。中に入ったら店内放送もしていてぼくは緊張してきた。

自分の本を探すとすぐにあり、女性が立ち読みをしている。ちょうど「はじめに」のところを読んでいて、少し恥ずかしかった。

二階の事務所であいさつをして少し待機した。一時になり、

「では、地下までお願いします」

と店のマネージャーに言われ、ぼくと出版社の人と不安の中、会場へ向かった。

地下に着いたらビックリ、人の列が長々とあった。デカデカと「『僕、はまじ』の著者

浜崎憲孝氏サイン会」と看板もあって足が震えた。自分はタレントや作家でもないのに人々が集まってくれて胸がいっぱいになった。

そしてサイン会が始まった。一人目は男性。買ってくれた本の白紙のところに日付、相手名、ぼくのサインと絵を書いた。なぜ絵かは、ぼくがはまじの絵を書けば面白いと思って描いた。ヘタな絵だったが人々は好感触で笑ってくれたので、さくらと違うのにと思い、意外だった。

一人一人サインをしてると男性や女性もいて、六歳の子供からおばあちゃんまで来てくれていた。どこから来たのか聞いてみると、都内や千葉、埼玉、神奈川などの関東近辺や静岡出身の方。驚いたのは深夜バスで京都や広島から来てくれた人までいて、

「どうもありがとうございました」

と深々とお辞儀をした。自分なんかたいした人間ではないのに、わざわざ来てくれたことに大感謝だった。

それからまた驚く。古い友人のタカオくんがカミさんと来ていた。サインの列ではなかったが、まわりにいてくれ、声をかけてきた。どうやってサイン会を知ったのか、謎だったが来ていた。東京でタカオくんを見たとき一瞬、清水にいるような錯覚がして、とてもありが

たかった。

ぼくは最初、サイン会の開催が嫌で、編集者に「やめましょうよ」と文句を言っていた。人が来ないと思っていたり、本は売れないとネガティブに感じていた。しかしいざ行ってみると大勢の人が来てくれてまさに仰天した。

結果的には開催してよかった。

これぞさくらの『ちびまる子ちゃん』効果であって、ぼくの力ではない。心よりさくらに感謝した。それから半月後、清水にある「ちびまる子ちゃんランド」の前でも同じようにサイン会を行った。

『ちびまる子ちゃん』効果の偉大さ

クタクタになってやり遂げた渋谷でのサイン会が終わったあと、フジテレビ系の「めざましテレビ」の取材を受けた。

全国に自分の顔が流れることに、一度は断った。正直、恥ずかしい。だけど視聴者は、はまじが実在していたんだと知り、どんな顔か見てみたいと思うのもわかるし、本の宣伝にもなるので、ＯＫを出した。出版社もテレビの取材を受けてもらえればタダで宣伝が出来、売れると考えた。

当然、『ちびまるこちゃん』を中心にインタビューを受けた。全国に流れるので、緊張しながら慎重に答えた。ぼくは清水から持参してきた小学校の卒業アルバムを貸して協力をした。

翌日の朝七時三十分頃起き「めざましテレビ」を観た。いまかいまかとテレビを見つめ、とうとう四十分頃、はまじのサイン会の模様やインタビューの映像が流れたが、他にいろんな話題のニュースがあったためだろう、わずか二分位の放送だった。

「こんなものか」、これが初テレビ取材の感想だ。友人、知人の反応は本を出したときほど、驚きはなかったが、朝のニュースなので少しビックリした人はいたらしい。

その後、またテレビの取材があった。日曜日の夜七時テレビ朝日系から放送される爆笑問題が司会の「決定！　これが日本のベスト三十」という番組で、今度「日本のアニメベスト百」を特番でやることになった。今や『ちびまる子ちゃん』は日本の代表的アニメで、当然ベスト百に入る。そこで、ちびまるこの登場人物で実在し、本も出版したはまじを取材したいと、ぼくへ依頼がきた。

今回の番組関係者は、ぼくを含め漫画に出る清水の巴川や、清水の町も取材したいということだった。

さくらの再婚でテレビ攻勢にあう

平成十五年の十一月中旬、ツタヤのレンタルビデオコーナーにいたら日本テレビ『ザ・ワイド』のディレクターさんから電話があり「さくらももこさんが再婚しましたので、コメントをいただきたいと思いまして」とビッグニュースが入ってきた。

「うそーっ」

なぜ驚いたかというと、さくらに親しい編集者のIさんや、さくらの親戚のおばさんからは何のそぶりも見えなかったからだ。それに再婚とは、いやまあビックリだ。親しい人たちはさくらに黙ってて、と言われたのだろうか。多分そうだろう。

電話でのコメントかと思ったら、清水でぼくを取材したいと言った。それも今日すぐにと言う。

三時間後、アパート前の公園で待っていたら今風の洒落たワンボックス車が公園前へとまった。これだと呼びとめた。車内からクルーがゾロゾロ人が降りてきた。

早速カメラマンがスタンバイしている。家の前の公園でインタビューするつもりのようだ。子供も遊んでいて少し嫌だったが、きれいな女性レポーターさんと若い真面目そうなディレクターさんらと少々打ち合わせをしてインタビューが始まった。

お世話になったさくらのおめでたいことなので、全面的に協力することにした。『ちびまる子ちゃん』で有名になった「追分ようかん本店」から始まり、さくらが通ったと言われた幼稚園（実は間違っていた）や各クラスメイトの自宅を案内したり、さくらのゆかりの人と地を訪ねてまわった。少しでも役に立てて、ぼくはとても幸せだった。

第五章

さようならさくら、またね

ぼくの両親の離婚

ぼくの二人の父のことを書いてみよう。

ぼくの実の父はギャンブルと酒が好きな漁師だった。父の名は憲三という。ぼくは憲孝だから、父の字をもらったことになる。

父は漁師なので一度海に出ると三カ月ぐらい帰ってこなかった。半年帰ってこなかったこともあったと思う。そういう仕事なので帰ってくるとそのまま一カ月ぐらいは家にいた。小さかったぼくは父が漁に出てしまうのが寂しくて、父が仕事に行くときは必ず、今度いつ帰ってくるのと聞いていた。そして仕事に行ったあとはよく母に、

「あと何日で父ちゃんは帰ってくるかな?」

と聞いていた。母は帰ってくる日を教えてくれて、ぼくは父が帰ってくる日を目指してカレンダーに印をつけていった。

父が帰ってくるときは港まで迎えに行く。何カ月も会っていなかったので、そのときはとても嬉しくてぼくは大喜びだった。それにその日父は給料をたくさん持っているので、母に

洋服を買ってあげたりしていた。そのときの母は照れたような表情をしていた。

父は帰ってくるとお土産を持ってきてくれるが、ぼくや弟のためではなく、家の飾りとしてのお土産だった。ワニの剥製とか洋酒とか、変なお面みたいなものとか、そういうものが家に溢れていた。海外の写真もよく見せてくれたけど、その頃のぼくはあまりピンとこなかった。そして父はとても酒飲みだったので帰ってくると一日中酒を飲んでごろごろしていた。酒を飲んでいるとき父はビックリボール（スーパーボールとも言います。すごく跳ねるボールです）を口の中に入れてお尻から出すという手品をよくやってくれた。まだ幼稚園ぐらいだったぼくはその手品を不思議だと思い、父にタネを教えてくれと言ったけど、教えてくれなかった。でも機嫌がいいときは頼むと何回でもやってくれた。今となってはいい思い出だけど、不精髭を頬にジョリジョリとやられるのは痛くて嫌だった。

父に連れていってもらった場所で思い出に残っているのは「釣り」と「競輪場」だ。

父は漁師というだけあっておかしな魚が釣れるポイントを知っていて、その日、ぼくは父の言う通りに釣り竿を振っていると、次々にフグが釣れた。というよりフグしか釣れなかった。フグは本当に膨れっ面で釣れてくるのでそれを見てぼくは楽しかった。

競輪場はやたらうるさい場所だったという印象しかない。何もわからないぼくの隣で父は大声を出して選手を応援していた。父は競輪が趣味で、よくスポーツ新聞を開いてレースの予想をやっていた。母はギャンブルが嫌いだったので、父がそういう新聞を広げているのを見てはケチをつけていた。それで口論になることもあった。

父の酒を飲む量はどんどん増えていって、行かなければならない仕事のときも酒を飲んで行かないようになってきた。そのことが原因で母と父はよく喧嘩していた。ぼくと弟はそういう喧嘩を見るのが辛くて、いつも別の部屋に行ったり、家の外に出て時間を潰したりした。

そしてぼくが幼稚園を卒業する頃、父と母が離婚した。仕事に行かず酒ばかり飲んでいる父に愛想をつかして母の方から一方的に離婚を迫ったそうだ。そのときの喧嘩の様子はぼくと弟は知らない。ぼくたちの眠っていたときかもしれないし、幼稚園に行っているときにあったのかもしれない。

とにかく、離婚したのだ。

そしてぼくと弟はともに母に引き取られ、そして引っ越しをした。それが小学校から十六歳まで住む恵比寿町（東京の恵比寿とは関係ないです。清水の恵比寿町）だ。もちろん父には恵比寿町にいるということは知らせてなかったらしい。

幼稚園ぐらいだと離婚というものがよく分からなかったし、そもそも父はあまり家にいない人だったので、ぼくはそんなに悲しんだりしなかったと思う。ただ、父にはもう会えないのかなぁと思うと寂しくなった。

父との別れ

恵比寿町の家に引っ越して数カ月が経ち、母とぼくが買い物から帰ってきたとき、家の前に父がいたことがあった。父がどのようにして引越し先の家を知ったのか分からなかったけど、とても寂しそうな立ち姿だった。

母は父を見るなり、ぼくに、

「早く家に入りなさい！」

と大きな声で怒鳴った。ぼくは父と遊びたかったけど、そう言われたら家に入るしかない。ぼくが家に入ると母は急いでドアの鍵を閉めた。雨戸も閉めていった。家の中が暗くなった。

ぼくは父のことが気になって、何度も雨戸の隙間から外にいる父を眺めていた。初め父は玄関の近くのブロックに座っていたりしたけど、いつの間にかいなくなった。そのあと電話が鳴ったが、それも父からだと思い、母は出なかった。いかにも父には会いたくないという感じに見えた。

そのようにして父は恵比寿町の家を知っていたので、もしかしたらそれ以前にも何度も家にきていたんじゃないかと思う。だけど家の門を潜るのは諦めて、帰っていったんじゃないだろうか。

それから小学校三年のときにも父は二度家にきた。

一回目は夜七時頃だったと思う。父は酔っ払ってやってきた。その頃、母は水商売をしていたので、その時間には家におらず、代わりにお手伝いさんがいた。お手伝いさんは父のことを知らなかったが、

「ぼくの父です」

とぼくと弟で言ったら気前よく家に上げてくれた。

父は漁の話や海外の話などをしてくれた。お手伝いさんも一緒になって聞いていた。そうやって話すのは久しぶりなのでぼくは嬉しくて、ビックリボールの手品をねだってやってもらった。だけど父は酒の飲みすぎが原因なのか手付きが下手になっていたので、手品のタネがぼくに分かってしまった。それともぼくが小学校三年になったからかな。昔はあんなに興奮して見ていて、教えてもらいたいと思ったタネもそうやって見えてしまうとなんだか寂し

かった。それから父は二時間ぐらい家にいて、帰っていった。

そのことをお手伝いさんは帰宅した母に伝えたようだ。すると母はびっくりしていたらしい。そしてお手伝いさんに、

「二度と家には入れないように」

と言っていたようだ。

お手伝いさんはぼくと弟に、

「別に悪い人ではないのにねぇ」

と言っていた。

二回目はそれから一カ月ぐらいあとのことだった。だけどお手伝いさんは母から、上げるな、と言われていたので、玄関先で父にそのことを説明していた。そして父は家に上がらなかった。ぼくと弟は上がってもらって遊びたいと思っていたのでがっかりした。

父はケーキを置いて帰っていった。それがぼくと弟の見た父の最後の姿だった。

それから父に会うことはなかった。ぼくの方も成長とともにあまり父のことを考えなくなり、日は流れていった。

そしてぼくが十六歳のとき、母から、

「お父さんが死んだよ」

と伝えられた。ショックだったけど、ぼくはすぐに酒で死んだんだなと思った。それにその頃、ぼくは反抗期で親に対して反発的な態度をとっていたので、驚きが少なかったと思う。

今となってみれば父ともっと接したかった。そしてタネがバレてもいいから、もう一度、あのビックリボールの手品を見せてもらいたかった。

義父のぬくもり

ぼくが小学校二年になった頃、母が「友人」と称する男性を家に連れてきて、ぼくと弟と一緒に食事をしたり、遊園地に行ったりした。それが将来ぼくの義父になる人だった。彼は小柄で、眼鏡をかけていて、髪型は七・三という、いかにも真面目という感じの人だった。それに実の父と違って酒やギャンブルもやらなかった。仕事は土木工事や建設基礎の会社の経営者だった。でも従業員は二、三人だったので、会社というよりは事務所を構えているという雰囲気だった。

「母の友人」として紹介された義父はそれから何度も家にきたり、泊まったりするようになった。ぼくの家は2Kの長屋だったので、そこに一人くると余計に狭くなってしまう。だんだん泊まる日が増え、いつの間にかずっと家にいるようになっていた。ぼくと弟は複雑な心境だった。自分たちの空間に住みつかれたような気がしていて、ぼくはちょっと嫌だった。弟はまだ小さかったのであまりよく分かっていなかったようだ。

義父は酒も飲めないため、水商売をやっていた母とはどこで知り合ったのか分からない。今更聞くのもどうかと思って、それは謎のままだ。

一緒に住み始めた頃、義父はぼくと弟を気遣っていたみたいだった。そしてぼくたちに早く慣れてもらえるようにと、日曜日ごとにドライブや遊びに連れていってくれて、それは楽しかった。実の父はそんなことをしてくれなかったからだ。

そして義父は、怒るときには怒れる人だった。ぼくと弟が喧嘩をしたときは兄のぼくがいつも怒られていた。弟が悪いときもそうなので、それには納得がいかなかった。

小学校三年のときは脱走や登校拒否のこともあり、学校で怒られ、家でも怒られるという、「怒りの二重構造」になっていた。ちょうどそのとき、学校にいかないからという理由で初めて殴られた。小学校三年の子を殴るというのは愛のムチとは言えないと思う。それで反省しようと思うわけじゃなく、それはただ恐怖の対象でしかなかった。そういうことが続くうちにぼくは義父のことを好まなくなり、いつしか嫌悪感を抱くまでになった。

ぼくとは九歳差で、ぼくに『ちびまる子ちゃん』のことを教えてくれた妹はぼくが小学校三年のときに産まれ、家庭内のアイドルになった。義父にとっては実の子であるし、ぼくも年齢差があるので可愛くてしょうがなかった。それによってギスギスしていた家庭が一気に華やいだ。それまで義父は家に帰ってきても、テレビを見ることとご飯を食べること以外に何もしなかったが、妹の誕生により、義父の帰宅後の楽しみが増えたようだった。家に帰るとすぐに妹のところに向かうようになった。妹の誕生もあり、狭いわが家にも親類の人がやってくることがあった。親類のおじさんは必ずワインやビールを持ってきて、それを義父に勧める。義父はとてもお酒に弱くて、少し飲むだけで真っ赤になってしまうのだった。ぼくはそれを見て心の中で笑っていた。その義父も、母も、もうこの世にいない。

二〇一八年十一月十六日のお別れ会

二〇一八年八月十五日、同級生のさくらももこが亡くなったことで、自分のブログへ取材依頼が多く来た。でもぼくは対応できなかった。亡くなってすぐにそんなことは無理だった。

有名人が亡くなったときに、その友人知人の元へ取材陣が殺到するのをテレビで見たりしていたが、まさかここまで、ひっきりなしに連絡が入ってくるとは思いもしなかった。また、よくそんな状況で答えることができると思った。

ぼくはコメントをブログで発表し、翌日はさくらへの思いも掲載した。

市役所やまる子ちゃんランドでは、飾りきれないほど、さくらへの献花とお悔やみ帳が置かれた。

同級生たちや友人たちは、さくらのために何をしてあげたらいいか。ぼくが同級生の寄せ書きを集めようと考えた。

卒業のときのクラスメートの寄せ書きがある、あれだ。あれをやろう。色紙を買い、まず協力してくれそうな同級生をあたった。メッセージはもらえる。ただ、一軒ずつ自転車で回ると途方もない時間がかかる。

どれほどの同級生がぼくのブログを見ているのかは不明だが、ぼくのブログからも寄せ書きメッセージをほしいと載せて、待ち合わせ場所を決めて、そこで今週末の日曜日に四時間ほど待っていると発信した。

かよちゃんに、この話をすると彼女は機転を利かし、同窓会主催の同級生へメールをしてくれた。

そして週末に、忙しい中を同級生たちが集まって来てくれた。

ただ、みんな同窓会のメールからで、ぼくのブログからは誰もいなかった。残念なのと、よかったーという思いが交差した。同級生にぼくのブログを見られるのも恥ずかしい。それでも集まってくれたみんなにぼくのブログを教えた。

さくらが亡くなって、寄せ書き集めが自分の使命と考えた。

十月十五日、さくらプロダクションから一通のメールを受信。それは十一月十六日にさくらももこの「ありがとう会」を青山で行うという知らせだった。

さくらの友人、かよちゃんもメールを受信したという。彼女はすぐに行くという返信をした。ぼくは他の同級生が気になった。なぜなら『ちびまる子ちゃん』の舞台は清水、それに入江小学校である。

アニメに出ていなくても、さくらと過ごした同級生も多くいるし、それなら同級生たちとみんなで「ありがとう会」へ行こうよと、勝手な呼びかけを考えた。そのことをさくらプロダクションへメールで伝えた。こうしてはいられないと、パソコンへつなぎ、受信した「ありがとう会」の案内をＡ４用紙へプリントアウトしていった。

そして何枚かのプリントをしているとさくらプロからメールを受信した。それには、お別れの「ありがとう会」は仕事関係者のみというメールだった。

これにはがっかりした。なぜ同級生はダメなのか。同級生も入れて送ったら、さくらも喜ぶはずだ。やりかけの印刷を中止し、「それならぼくは行かない」と、かよちゃんへ伝えた。はじめは受け止めた彼女だったが、途中からぼくを説得してきたけどぼくは首を縦に振らなかった。

寄せ書きをもう一枚用意していたので、同級生のお寿司屋さんも同窓会の主要メンバーなので預けた。

さくらプロからさくらの「ありがとう会」の知らせをもらった翌日に、ブログへ取材の申し込みがあった。それはフジテレビの情報番組「グッディ」。そのディレクターさんがちょっと早とちりしていた。

「……あの、明後日の金曜にお別れ会がありまして、そのことでお電話しました……」

ぼくは明後日？　と疑問に思いながら聞いていた。どうも間違えているようだ。「一カ月後ですよ」と伝えたら、調べてみますと言い、電話を切った。

その後、同級生と会えば寄せ書きをもらったりして、それなりの使命を果たしていった。さくらを偲ぶ会も近づいている。でも、心の中でモヤモヤが続いている。

かよちゃんからは、

「やっぱはまじも一緒に行こうよ～」

とメールで説得が続く。

「……ももちゃんだって少しでも同級生に会いたいし、あんた、ももちゃんからお世話になったはまじでしょ。最後の別れに行きましょう」

と。かよちゃんへはみんなが青山へ行けないのに、ぼくだけでは行けないことを強く言ったのだが、それでも彼女は「行こうよ」と説得してきた。かよちゃんの気持ちはわかるけど、自分たちも行きたいと思っている同級生が可愛そう。

ぼくらだけが公の場に呼ばれて得をしているみたいに感じて、気がとても重いのだ。

「……ごめんよ、かよちゃんは友人だから行ったほうがいい。でもぼくは友人とまではいかないクラスメートの同級生だ。おれがさくらと一度くらい遊んだことがあるかと聞かれれば、答えはノーだ。アニメとは違うし、同級生と同じ立場だからね……」

そんなメールのやりとりをして、かよちゃんを納得させていた。ぼくとしては、クラスメートの一人として同級生らと一緒にさくらの祭壇で手を合わせたかった。

ぼくの使命は、寄せ書きをもらうこと。それを遂行することだった。それをさくらの親戚のおばさんへ渡し、母のすみれさんと父のヒロシさん、それと息子さんへ渡して読んでもらう。そして仏壇へ飾ってほしいと願った。これがぼくの使命だと考えた。

前もこんなことがあった。見えない力がぼくをなんだかんだと押してくる。これって幽霊？　何、この力って。たまに現れて押すのだ。なんなんだよー、おれって！

「あれっ？　ひょっとしてひょっとして……」

青山葬儀所に行く

一カ月後。

すっかり忘れていた情報番組「グッディ」から電話がかかってきた。

ぼくは青山葬儀所へ行かない旨を伝えた。ところがこのディレクター氏はなんだかんだと言って、行かないと決めたぼくを説得してくる。それもかよちゃんのような知り合いからではない、ぼくから見たら他人の人からだ。

「行きません」

「行きましょう」

「行かないって」

「行きましょうよ」

長々と電話で押し問答を繰り返した。

とうとうぼくはそのディレクターの根気に折れてしまった。なぜなら彼は、とても誠実に話していて、取材についてかなりの下調べもしている。

それともう一つは、やはりさくらの存在だった。恩人のお別れ会に、顔を出さなかったとなるとやっぱりそれは許されないことだ。絶対に後悔をする。それで「行きます」と了解したのだった。

ディレクターに、前日の清水のロケと翌日の青山でのコメント取材をお願いしたいと伝えてきた。

「グッディ」という番組は、その日にオンエアーだ。かなりのスピーディーな編集能力を求められるだろう。いままでそんなディレクターさんはいない。一体どんな人だ？　少し興味を持ち、会いたくなっていた。

そして二時間説得された末、前日入りでオッケーをした。

こんなに押しの強いディレクターなら、うまく撮影をするやり手だろうと期待し、自分もそんなディレクターの腕の見せどころを、とくと見てみたいというのが本音だった。

木曜の午後、彼は貸し切りのタクシーで清水に現れた。なんと真面目そうな大学生ふうの彼は三十を過ぎているというが若く見える。

打ち合わせの中で何度も名前を間違えて申し訳なかったディレクターさん。聞き慣れない名字だったので、そこはごめんなさい。

ぼくは取材となると、とても相手の立場になり、取材する側へ配慮しすぎるきらいがある。わざわざ来てくれたことと、オッケーをしたからには、こっちも協力して動くのは当たり前だと思ってしまう。精力的に動き夕方には清水の取材が終わった。そしてそのまま東京へ向かった。

ただ旅館の問題が発生。青山近辺が埋まっていた。新橋ならあるという。

空いているのはカプセルホテルだった。泊まったことがなく経験出来るからそこでいいと承諾し、カプセルホテルに泊まったが、あまり眠れなかった。

翌朝は「グッディ」のクルーとホテルの前で待ち合わせして、ワンボックスカーへ乗り、そのまま「ありがとう会」が行われる青山葬儀所へ向かった。

行かないつもりが、結局来てしまった。さくらはどう思うのかな。やっぱり同級生がたくさん来てほしかったのではないだろうか。

現場へ着いてから、とんでもないことをディレクターさんから聞いた。昨日のロケはすべて使えないようだと……。

「……え、なぜ？　あんなに撮ったのに、もったいない」

ぼくの行ったまる子ランドでの、はまじ声の物まねや、言動はすべてが無駄となったのだ。夜中の会議で決めたのだろう。それにしても彼の仕事ぶりがもったいなく歯がゆい思いだった。

青山葬儀所入り口で、撮影をし直している間、欽ちゃんの「なんでこうなるの……」が頭をよぎっていた。でもガマン、ガマンだった。

青山葬儀所で男泣き

この日、寄せ書きの色紙を持参しているので、当時の担任先生、たまちゃん、花輪くん、ケンタなどが来たら是非にほしいところだ。

時間が経つと続々と関係者が集まって来た。私服で来てくれというわりには喪服が多い。

ぼくにGさんがべったりと付いている。どこいくにも後方にいてカメラを回させている。

そんな時は、同級生と会ったりしていた。担任のハマセンも来てくれた。積もる話をしたが、でもぼくには色紙に寄せ書きを頼むという使命がある。先生や同級生に色紙を差し出すと、みんな書いてくれた。やっぱりさくらへの思いはたしかだ。

次々と色紙が埋まっていくが、まだ足りない。

そうして、「ありがとう会」が始まった。初めは祭壇ホールでおとなしく座っていたが、とても堅苦しくなり脱走。そして報道側のモニターへ移動した。ここならブログも打てる。

ただスマホの電源が十五パーセントしかない。

タラコさんのお悔やみの言葉を聞き、賀来千賀子さんの言葉を聞いていると自然と涙が出た。自分の母の葬儀の時は目頭が熱い程度だったが、さくらには男泣きした。あとからあとから涙があふれ出て、芸能関係者の弔事が耳に焼きつき、報道モニターから飛び出した。

あちらこちらにいるＳＰ（私服警備）を無視して、会場端で鼻をかんでいた。

ぼくは私服だし、ＳＰのモニターではかなりの不審者に見えたはずだ。

もう帰ろうと、そんな感情も強くなっていた。でも寄せ書きが残っている。ここはさくらの身近な人の集まりだ。こんな場は滅多にない。ある程度会が進んだとき、寄せ書きをもらえないかと、また動いてみた。会は和やかな雰囲気で、ぼくはおでんのコーナーへ向かった。

何度もたまちゃん、ケンタ、花輪くんを探した。が、とても人が多く、まったく探せない。

途中で、たまちゃんがいるとの情報を聞き、さらに探して回った。だが見つからない。仕事関係者の方からも寄せ書きをいただいた。

声優コーナーでは、はまじの声優のカシワクラさんを見つけていただいた。これは滅多にないと、その場にいた笹山さんや野口さんなど声優陣からもいただいた。野口さんの声をやってもらったが、あまり似ていなかった。そしてカシワクラさんとWはまじを声優陣の前で披露したりと、思いがけない体験もさせてもらい、だんだん誘ってくれた「グッディ」のディレクターさんへ感謝の気持ちも沸いてきた。

周りからは、ぼくは色紙を持って動き回っていたので、芸能人のサインをもらおうとしている変なおじさんに思われていたに違いない。

そうしていたら、たまちゃんにそっくりな人を発見した。

「あの、たまちゃんさんですか？」

と聞いたら、首を振った。その場を去っていった。けれどあの人はたぶん、たまちゃんだった。マスコミ嫌いと聞いていたのでとぼけられたのかな。

でも、同級生のぼくがたまちゃんと思ったのだから本物だろう。

そのあとは追わなかった。彼女の考え方があるのだし。

総合司会のフジテレビ葛西アナウンサーから寄せ書きをもらえたのは嬉しかった。さくらの会の司会者だ。こんなこともあるんだなぁと、ディレクターさんへ再度感謝だった。

そして、会のすべてが終わった。かよちゃんたちは、「ファミレスにいるから」、と言っていたが、ぼくはもう少し寄せ書きを集めたくて、うろうろしていた。

しばらくして、ファミレスのかよちゃんに顔を出して葬儀所へ戻った。もう人もいなくなっていた。ディレクターさんとフジテレビへ向かった。番組で使ったさくらからの色紙を返却してもらうためだった。

フジテレビは、テレビで見た通り、外観はちょっと宇宙船に似ていた。

色紙を返してもらったあと、スタッフに挨拶をして、帰りはタクシーで品川駅へ、そしてひかりで一時間後には静岡駅に降り立ち、駅から自宅まで一時間歩いた。一人になってさくらへの思いに浸った。

足がとても痛くなったが、休憩のスーパーでは、沈んだ気持ちを立て直そうとカンチューハイをトイレで飲んで帰宅した。

グッディのディレクターさんに口説かれて正解だったと改めて思った。これだけ様々な体験が出来たし、さくらへお別れの気持ちも伝えられたと思う。この日の幸せはさくらが導いてくれたに違いない。さくら、ありがとうよ。

入江小学校で後輩たちと

お別れ会が終ってしばらくして知人からメールがあった。静岡第一テレビの取材を受けないか、とあり、話を聞くことにした。

ディレクターさんは電話で、「大晦日にオンエアーする今年の十大ニュースでさくらさんのことを取り上げたい。そこで、はまじさんにぜひ協力してほしい」という取材の依頼だった。

第一テレビの看板アナウンサー徳増ないるさんと、清水を回ったり、入江小学校にも行ったりしてさくらを偲ぶという内容だった。入江小に行けるのは懐かしくいい体験となる。ちょっと楽しみだった。

当日、朝九時すぎに登呂遺跡駐車場前に行くと、すでに一台のワンボックスが停まっている。ディレクターさんが降りて来てあいさつする。ぼくはないるさん、カメラマン、音声さんにあいさつをして乗り込む。ないるさんの隣だ。緊張は隠せない。

この日、ディレクターが示したスケジュールはこんな流れで進めるという。

まずエスパルスドリームプラザのちびまる子ちゃんランド。

次にアポなしで追分ようかんへ。食事を挟み入江小学校。

最後はまるちゃんマンホールのＪＲ清水駅でのコメントで終わる。

これだとほぼ丸一日かかるだろうなと思った。

ただ徳増ないるさんは、夕方ニュースのメインキャスターなので、そちらへの出演もあるようだ。時間は秒きざみで進んだ。そこはさすがアナウンサー歴二十年だ。時間の使い方が実にうまくスムーズにいった。

ないるさんの生まれる前、両親はエジプトのカイロへ留学していて、ナイル川のほとりで知り合ったため、生まれた子の名が「ないる」と命名されたようだ。前から変わった名だと思っていたので、なかなかロマンチックではありませんか。

エスパルスドリームプラザ三階のちびまる子ちゃんランドへ、クルーたちと向かった。途中でぼくのみ別の部屋へ入った。二〇一九年一月から、まる子ちゃんランドでもさくらさんの追悼の「ありがとうの会」を行う予定の部屋だ。まだ祭壇にはなっていないので、まるちゃんのアニメがたくさん隅に置いてあった。よく考えたら、普通は顔写真なのに、葬儀までアニメ顔だった。そこまでして顔を隠すのは何だろうか。ベールに包んだ方が、よりカリスマ性が増すと考えてのことなんだろうか。

その後、ぼくは急いでまるちゃんランド内へ入った。教室セットでの撮影がある。そこで自己紹介をした。いつも足元から顔へカメラが移る。

さくらのことで店長のIさんも取材されている。まるちゃんランドは、地元より全国から多くのファンがやって来る。その店長なので企画を含めすべての責任を担っているようだ。さくらのことを「先生」と呼んで、個人的にもまる子が好きらしい。取材の中で、そろそろランドをリニューアルしたいと聞いた。ずーっと同じセットなので毎回来ている人に申し訳ないと言っていた。

とても律儀な店長のIさん。「先生のことを思うと……」、そう話し、目頭を熱くしている場面を会話の中で何回も見て、この人は本当にさくらのことを好きなんだと思った。

まる子ランドを終えて、追分ようかんへ向かった。

着くと、ぼくが即席ADとなって交渉を行った。店にはいつも女性店員がいて、奥さんは店頭にまずいない。呼び出してもらった。

奥さんはおかっぱヘアをさらに短くした髪とエプロン姿で現れた。

この前の青山葬儀所では奥さんに会えなかったことや、今日来た理由は静岡第一テレビの取材です、と告げると、

「また急に」

と困った様子だった。

「いつも急なのがぼくのスタイルで」

と言うと、

「今日はインタビューを出来ないわ」

とインタビューを断られた。どうもメイクをちゃんとしていないから、というのが理由らしい。いつもは気軽に答えてくれるのに。そういうことで、店内の撮影だけにして、ないる

さんと追分ようかんを手に取ってもらい、ようかんを食べたときの思いを収録した。

そして昼飯だ。近所にある金田食堂へ向かう。ランチをやっている店で、少し値段が高く感じたが、第一テレビさんのおごりだから頬が緩む。

大衆酒場の匂いがする金田食堂で、クルーのみなさんは天丼を頼む中、ぼくだけ千三百円もするフライ盛り合わせ定食を頼んだ。自分のセコさに少々あきれた。

食事中は、ないるさんの年齢が男の厄年だったので、つい厄年の話などで盛り上がった。ディレクターさんは、店の取材をしたかったようだが、お昼のランチタイム。忙しく断られた。

次は入江小学校。ぼくはここが一番楽しかった。

なぜなら生徒との触れ合いが出来る。いままでの取材ではなかった。以前、自著をもとに小学校で講演会を行ったときは、生徒たちと触れ合いが出来て楽しかった。それがこの日も出来る。まず職員室に行き、ごあいさつ。教頭先生が出て来てなんだかんだと自己紹介。ケンタと同じ清水東高校で、教頭先生は一つ下だという。抜群に偏差値の高い清水東高校卒業なら超エリートだ。

元大洋ホエールズの山下大輔さん、村上泌尿器科の先生、ホルン先輩のSさん、丸尾くんなど輩出している。

入江小では三年四組が課外授業となり、そのすきにクラスを借りて撮影をするようだ。ないるさん、課外授業に出かける三年四組の生徒と何やら話していた。遠目で見ていたが、はまじは？　の声が聞こえた。何？　ばらしていないでしょうね。

今回は、はまじが来ていることは内緒で、あとから知らせる設定だ。

四組に向かう時、まだ休み時間なのか廊下に生徒がたくさんいたので、思わずジャグリングをすると、とても喜んでくれた。実は生徒の前で披露しようとし、バッグへボールを忍ばせていたのだ。

自分はテレビの警備員だと生徒たちに伝えたが、私服でジャグリングする警備員などあり得ないから絶対変なおじさんに見えたはずだ。チャイムが鳴ると他のクラスは授業となるが、静かにならず、あちらこちらの教室から生徒の騒ぐ声がする。

ぼくらの時代ではあり得ないことだ。戸川先生なら平手でたたくだろう。これでは統制が利かないのではないか。ぼくが教師ならどうだろう。やはり統制をするべきだと思うが、平手たたきははやらない。たたかれる生徒の気持ちがわかるので、話し合いにするだろうと思う。昔は先生が王だった。家庭でも先生の言うことを聞きなさい、と釘をさす。いまではどうだろうか。もう逆のような気もする。

生徒のいないクラスで、ないるさんとの会話を撮影し終わった。

窓からグラウンドを見ると、体育の授業で生徒たちがドッジボールをしていて懐かしく思った。ドッジボールはぼくも好きだった。小学五、六年時代はよかったなぁ。でも、もう戻れない。さくらもいなくなってしまった。

「ありがとうの会」のとき、担任だった浜田先生から昔の八ミリ撮影のＤＶＤをもらった。それを見て、やっぱりあの時代がよかったなと思い馳せた。さくらも木登りをしていて、みんな無邪気だ。受験もなく仕事も関係ない。戻りたくても、もう戻れない。だから今の瞬間をとても大事にしてほしいことを生徒へ伝えようと思った。

三年四組の生徒が帰って来た。「はまじ！」と声が聞こえた。バレている雰囲気。ぼくは廊下にいると、ディレクターさんが、とても渋い顔をしている。

どうしたのか聞くと、やはり担任が生徒へ話したらしく、ぼくが出る前にわかってしまった。これはやりづらいのではないか。台本が狂ったのだし。ぼくはそんなのは気にしない。

そしてないるさんが呼ぶので登場する。

「……さて、この方は誰かわかります？」

生徒が一斉に、

「はまじ〜」

ぼくは笑ってしまった。生徒との雰囲気が明るくなり、これでもいいだろう。

そしてぼくは当時の話をしてしまった。プールの脱走、登校拒否、先生からの平手打ちなど。生徒がシーンとしてしまう。あまりにも信じれない話に戸惑っているのか、リアクションの声がなかった。そして先ほどのことを生徒に伝えて話を終えた。子供たちはどう感じたのだろうか。帰りは教頭先生が見送ってくれ、入江小学校を終えた。そして最後は清水駅のまる子マンホールで、ないるさんと少し会話をし撮影はおしまい。

その時、彼女がそわそわしている。夕方の県内ニュースのメインキャスターで、本日も出ないとならない。ディレクターさんの指示で、ないるさんはJR清水駅から電車で帰った。静岡駅からタクシーの方が会社へ早く着くらしい。電車では「あ、徳増ないる」とバレないのかな。

帰りの車中は無言でブログの記事を打っていた。その姿を取材された。

そしてスーパービッグの前で降ろしてもらう。クルーたちへあいさつをしてぼくは終えた。

買い物を終えて自宅へ帰るとどっと疲れが出た。ないるさんはまだオンエアー仕事があってよく頑張っているなと思う。そしてお茶割りを飲みながら彼女の番組を観た。背筋を伸ばし厳しい表情で事件の報道を伝えていた。さすがプロ、丸一日の疲れをまったく見せない。

そういえばディレクターさんに、さくらの色紙と入江小の卒業アルバムを貸した。あれから数週間経つがどうなったのか。まさか「グッディ」のように、大晦日の生放送へ出すのだろうか。汚れない程度に早く返してほしい。あのアルバムは、ぼくが持つより、全国のみなさんへ見てもらう方がいいと考え、ちびまる子ちゃんランドへ寄贈したものだ。さくらの遺品ということもあり、とても大切に展示、保管していただいている。

ぼくの家からディレクターさんの会社が近いため、いつでも返しにいけるからと、ノンビリしているのかもしれない。ちびまる子ちゃんランドへ返し、もっともっと県内や県外のファンに楽しんでもらいたい。持っていくので、みんな待っていてくれ。

さくら咲くとき

いまぼくは五十四歳、色々あったけどまだ独身で一人暮らしを楽しんでいる。三年四組から四十七年の歳月が過ぎていった。それでもぼくの心の中に、あの時代の学校の懐かしい景色が総天然色で息づいている。手元に入江小学校の卒業文集がある。その中にぼくもさくらもいる。さくらは卒業文集に「入学式」を選んだ。

入学式当日、さくらは新品のスクールコートと帽子のスタイルで、お母さんの手をしっかり握って入江小学校の校門をくぐったと言う。ピカピカの新入生は、入学式を迎え、心の中は希望と不安が入り混じって登校したが、やさしいお兄さんやお姉さんに見守られながら校舎を案内され、こちこちに緊張したという。それでもお母さんと一緒の入学式に笑顔がこぼれ、胸がワクワクした、と書いている。その日のさくらを取り巻く情景が手に取るようにわかる。

《入学式の思い出

おかあさんと　しっかり手をつないで　はいった学校。

新品のスクールコート、帽子、六年生のお兄さんお姉さんに

やさしい目で見守られて　こちこちにきん張しながら回った校舎。

新しい先生。もう　幼稚園の先生とちがう。なにもかも　新しい中で

気持ちも又　新しかった。
入学写真を写す　ほんの少しの間　母の手を離れた。すごく不安だった。
友だちは　知らない子が多くて　少しはずかしかった。
一年生の友だちは　みんな　きちょうめんで　まじめだった。》

入学式のあと入学写真を撮るほんの少しの間、お母さんの手を離れたが、それがとても不安で、必死に母の姿を探したようだ。また、クラスの仲間は知らない子が多くて、とても恥ずかしかったようだ。その気持ち、よくわかる。記念写真は、少し緊張してカメラの前に立った。そうしたことを綴った文章は、後の漫画家さくらももこを想像できるとても観察力に富んだ文学的な描写で、彼女の素顔を身近に感じる一級の資料である。きわめつけは次の文章だ。「ほんとうにこれ小六の女の子の文章なの？」と感心するくらい感性が豊かだ。

《やさしい春の光が　小さかったわたしたちをつつんでくれているようで
入学式は　春が一番　にあっていると思った。
今、やさしい目で見守ってくれた六年生のお兄さんお姉さんたちが

どこにいるのかもわからないけれど
わたしは　お兄さん　お姉さんの気持ちを　わすれられません。》(原文ママ)

「終わり」という文字のあとに、サクラがヒラヒラ舞う下で、ランドセルを背負って帽子をかぶり入学を迎える幼いさくらの様子を描いた可愛いイラストが添えられていた。

ちびまる子ちゃん風ではなく、目がパッチリとした愛らしい少女漫画風のイラストだった。

さくらの花びらが舞うところがスゴイ。文章とイラストによる見事なコラボだ。

ぼく、はまじも文集に書いたが、さくらに比べると、月とスッポン、もう問題外で、改めてさくらの非凡な文才に感心した。

当時どんな思いでこの文章を書き、イラストを描いたのだろうか、小六のお姉さんになったさくらの少し大人びた姿を想像する。

そのさくらはもういない。会いたくても、もう会えない。

でも、さくら咲く季節がきたら必ずさくらのことを想うだろう。

さくらありがとう。

そしてさようなら。

あとがき

東京オリンピックが行われた翌年の昭和四十年に、さくらやぼく、そして三年四組の面々が生まれた。

日本の経済は高度成長期を迎え、もはや戦後は遠方へ移り去り、日本人は、わりと豊かな生活を楽しむことができるようになっていた。

際立った競争社会でもなく、一億総中流社会の幕が開けたばかりの、ノンビリした時代だった。

その時代を静岡県の清水市で、さくらやぼくは仲間たちと成長していった。舞台の中心となったのは、さくらももこが描いた『ちびまる子ちゃん』のモデルとなった清水市（現・静岡市清水区）清水入江小学校の三年四組である。

彼女の死をきっかけに、ぼくはその時代を振り返り、懐かしいぼくらの日常を辿ってみた。

うまくまとめた自信はないが、この本はそうした時代をノビノビと生きたさくらと、クラスメートを回想した物語である。
そして、この場を借りて同級生を含め、本作りに協力してくださった方々、ここまで読んでくださったみなさまへお礼を申し上げます。

令和二年一月

浜崎憲孝

本書は、拙著の『僕、はまじ』（彩図社）、『はまじと9人のクラスメート』（徳間書店）を元に書き下ろした作品である。

浜崎憲孝
はまざき のりたか

1965年12月生まれ、静岡県静岡市出身。転機は小学三年生。水泳が厳しく脱走し登校拒否となる。担任が変わる小学四年生から学校へ復帰。中学は楽譜が読めないにもかかわらずブラスバンドへ入部。譜面を一年で解読する。高校中退後、芸人に憧れて上京するものの、弟子になれず田舎に帰途する。その後、通信高校を七年で卒業。建設現場、トラック運転、郵便配達、演芸場、タクシードライバーなどを経験。同級生の漫画家に便乗しエッセイを出版。書く楽しみを知り、近年は物語等を電子出版をしていた。著書に『僕、はまじ』(彩図社)と『はまじと9人のクラスメート』(徳間書店)がある。2023年春、逝去。享年57。

はまじとさくらももこと三年四組

二〇二〇年二月二十七日　第一刷発行
二〇二三年九月七日　第二刷発行

著者――浜崎憲孝
編集人・発行人――阿蘇品 蔵
発行所――株式会社青志社
〒一〇七-〇〇五二　東京都港区赤坂五-五-九　赤坂スバルビル六階
(編集・営業)
TEL：〇三-五五七四-八五一一　FAX：〇三-五五七四-八五一二
http://www.seishisha.co.jp/
本文組版――株式会社キャップス
印刷・製本――中央精版印刷株式会社

©2020 Noritaka Hamazaki Printed in Japan
ISBN 978-4-86590-099-6 C0095
落丁・乱丁がございましたらお手数ですが小社までお送りください。
送料小社負担でお取替致します。
本書の一部、あるいは全部を無断で複製(コピー、スキャン、デジタル化等)することは、
著作権法上の例外を除き、禁じられています。
定価はカバーに表示してあります。